Gunhild Thalheim

Schwarzes Herz im weißen Fell
Hannah hört nix!

Gunhild Thalheim

# Schwarzes Herz im weißen Fell

Hannah hört nix!

Rediroma-Verlag

Bibliografische Information der Deutschen Nationalbibliothek:
Die Deutsche Nationalbibliothek verzeichnet diese Publikation in der Deutschen Nationalbibliografie; detaillierte bibliografische Daten sind im Internet über http://dnb.ddb.de abrufbar.

ISBN 978-3-86870-919-3



Fotos:
Britta Huthmann, Marion Fernsebner und Roswitha Hasenauer



www.rediroma-verlag.de
6,95 Euro (D)

**Für Hanna und Hugo in Berlin.**

**Und für Fritz, sein Frauchen Madlen und Elina in Waldring.**

**Vorwort:**

Hallo, lieber Leser meiner neuen Geschichte von Hannah und ihrem weißen Kater!

Du tanzt gerne zu deiner Lieblings-CD?

Dein Freund flüstert dir was streng Geheimes ins Ohr?

Der Hund von nebenan verbellt das Eichhörnchen in der hohen Kiefer?

Ein Radfahrer klingelt ungeduldig, - noch nerviger, als heute früh dein Wecker?

Soooo viele Geräusche sind um uns herum. Andauernd!

Leise und oft auch sehr, sehr laute. Zum Ohrenzuhalten!! Manche hören wir schon kaum noch.

Aber stell dir mal vor, diese vielen Geräusche würdest du überhaupt nie hören.

Deine Ohren würden sie dir einfach gar nicht melden.

Mit dem Älterwerden können immer mehr Menschen nur noch schwer hören.

Das ist schlimm, wie du dir vielleicht vorstellen kannst.

Zum Glück kann den Ohren geholfen werden. Mit sogenannten \`Hörhilfen´, die ins Ohr gesteckt werden und die Umweltgeräusche verstärken. Man sagt dazu auch \`Hörgeräte´.

Der Mensch ist also sehr erleichtert, weil er mit ihrer Hilfe wieder ziemlich normal hören kann.

Aber hast du gewusst, dass manchmal sogar kleine Kinder nichts hören?

Die Eltern merken das oft erst, wenn ihr Kind nicht so sprechen lernen will wie alle anderen Kinder.

Der Ohrenarzt und der Hörakustiker wissen zum Glück dafür Rat.

So muss dieses kleine Kind auch schon Hörgeräte tragen. Denn ohne ihre Hilfe versteht es ja nichts von all dem, was um es herum passiert. Sehr schlimm, oder?

Schau einmal genau hin! Sicher entdeckst du Leute mit solchen kleinen Geräten im Ohr oder auch dahinter. Nicht selten sind das recht junge Leute.

Ein Kind mit coolen bunten \`Ohrsteckerchen´ wirst du hoffentlich kaum treffen.

Falls dir eins begegnet und sich mit dir unterhalten will, sprich bitte laut und deutlich mit ihm.

Vor allem langsam, statt \`Feuerwehr zu spielen´.

Denn zaubern können diese tollen Hörgeräte leider bis jetzt auch noch nicht.

Nun wünsche ich dir ganz viel Spaß mit Hannah und ihrem netten Kater!

Ach, richtig, ihre coolen Hörgeräte sind übrigens pink!

INHALT:

# 1. Kapitel: Schwimmen? Ein Kater?

„Miau! Frauchen! Wach auf! Miauu! Miauuu! Riechst du das nicht?“

Der kleine schneeweiße Kater stupst sein Frauchen ans Bein. Er zerrt an ihrem Rock.

Voller Panik schreit er hinein in den Rauch. „Frauchen! Miauuu! Gefahr! Sofort aufwachen!“

Warum streckt sie nicht die Hand nach ihm aus? Immer macht sie das, sobald er sie anstößt.

Schläft sie so fest in ihrem Sessel?

Der Kater springt hastig auf ihren Schoß. Sie rührt sich nicht.

Mit der Pfote fährt er über ihre Bluse. Nichts!

Der Gestank! Wie hält sie den aus? „Frauchen, was hast du? Miauuuu!“

Der Kater hustet und schnauft. In verzweifelter Angst jetzt.

Er schnappt nach Luft. Hält diesen beißenden Rauch nicht aus. Frauchen!

Noch einmal schlägt er nach ihrem Arm. Keine Bewegung.

Mit einem Sprung ist er an der Balkontür. Stößt seine Katzenklappe auf. Schnappt hektisch nach Luft. Ein Satz aufs Geländer. Unten schreit einer, zeigt zu ihm herauf, schreit lauter …

Hilflos balanciert der Kater über der Tiefe. Kommt niemand, sein Frauchen zu wecken?

Soll er sich fallen lassen? Kann er Hilfe holen?

Ein rotes Fahrzeug mit blauen Blinklichtern hält unten. Eine lange Leiter nähert sich dem Balkon. Ein Mann mit einem Helm steigt herauf. Er hat es eilig, klettert übers Geländer, dicht neben dem völlig verängstigten Kater. „Ganz ruhig, Kleiner! Wir helfen dir runter.“

Die Tür zum Wohnzimmer drückt er auf, fährt entsetzt zurück. Dicker grauer Qualm schlägt ihm entgegen.

Ein zweiter Mann erscheint auf der Leiter, greift nach dem Kater, der sich wie gelähmt auf der Brüstung festkrallt. Der erste Mann taucht ein in die Qualmwolke. In den Kater kommt Bewegung. Er lässt sich dem Feuerwehrmann auf die Schulter setzen.

„Halt dich gut fest, Kerlchen!“, hört er. Sprosse um Sprosse steigen sie vorsichtig rückwärts. Von mehreren Händen wird er unten aufgefangen.

„Oh, du armes Fritzchen!“, hört er eine beruhigende, dunkle Stimme. „Wenigstens du bist in Sicherheit, mein Kleiner, aber dein Frauchen …“

Später versucht der weiße Kater, den sein Frauchen so liebevoll „Mein Fritzchen“ nennt, zu begreifen. Nie wieder wird sie ihn so nennen. Nie mehr mit ihm sprechen. Nie ihn streicheln…. Männer tragen sie auf einer Bahre aus dem Haus So weiß fast wie sein Fell ist ihr Gesicht.

Sie erkennt ihren Fritz nicht mehr.

Unter den Büschen im Nachbargarten verkriecht er sich. Sein Herz pocht zum Zerspringen.

Er zittert und keucht heftig. Die Kehle ist wie ausgedörrt vom Rauch. Schnaufend reibt er seine Augen, leckt die Vorderpfoten. Lange kann er kaum normal atmen.

Mit geschlossenen Augen kauert er sich ins hohe Gras, möchte nur noch schlafen. Das Schreckliche vergessen. Zusammengerollt liegt er. Ruhiger schlägt sein Katerherz.

Noch weht der beißende Geruch in sein Näschen. Er dreht den Kopf, schnuppert in die andere Richtung. Saugt Blütenduft ein. Und den Geruch von Tinchen. Sie wohnt in diesem Garten.

Fritz ist ihr meistens aus dem Weg gegangen. Ihr schrilles Kläffen stört ihn. Sie mag Katzen nicht besonders. Regt sich tierisch auf, sobald er über den Zaun springt. Er will ja nur die vorwitzigen, frechen Mäuse verjagen.

Der Durst lässt ihn nicht schlafen. Er späht durchs Gebüsch. Wo findet er was zum Trinken? Geduckt und angespannt wie eine Uhrfeder schleicht er am Blumenbeet vorbei. Es riecht nach Wasser. Ein schneller Satz auf den Rand der Regentonne. Ah! Ein schmales Brett liegt quer darüber. Er balanciert bis zur Mitte, beugt sich hinunter, will mit der Zunge den Wasserspiegel treffen. Das rutschige Brett kippelt …

Platsch! Über ihm schlägt es zusammen, kalt und nass. Prustend zappelt er, schlappt gierig. Wie gut das klare Wasser seiner Kehle tut! Nix wie raus hier, Fritz! So einfach ist das nicht. Am glatten Tonnenrand finden die Krallen keinen Halt. Prustend schlägt er um sich. Schwimmen ist nichts für einen Kater. Hilfe! Er stößt klägliche Rufe aus, ein ängstliches Wimmern. Hört ihn keiner?

Ach, Tinchen! Voller Hoffnung hört er das schrille Kläffen. Die Hundepfoten kratzen an der Tonne. Lauter werden seine Hilferufe. Tinchen, tu doch was! Auch das Bellen wird lauter.

„Tinchen! Halt die Klappe! Was haste denn, alberner Hund?“ Ein erstauntes Jungengesicht erscheint an Tonnenrand. „Upps! He, Fritz! Willste ersaufen?“ Die Hände greifen ins Wasser, heben den Kater heraus, setzen ihn ins Gras. Er duckt sich scheu. Aus seinem Fell tropft es.

Mit zusammengekniffenen Augen sieht er vom Jungen zum Tinchen, das neugierig auf ihn zu schnüffelt. „Lass mich in Ruhe! Hau ab, Tinchen!“, will er fauchen. Die rosa Hundezuge schlabbert über den pitschnassen Katerkopf. Liebevoll und fürsorglich.

„Hallo, du Hund! Ich bin Fritz, der Kater“, will er sie abwehren. Doch er hält still und schnurrt. Eine helle, laute Mädchenstimme ruft: „Das ist der Fritz von Oma Bergner. Warum ist der so nass, Hugo? Wie ´ne Wasserratte.“

„Hab ihn aus der Tonne gefischt“, verkündet Hugo stolz.

„Armes kleines Fritzchen. Ein Glück, du bist abgehauen vom Feuer.“ Zärtliche, feste Mädchenhände streichen über seinen triefenden Rücken.

„Wo willste jetzt hin, Kleiner?“ Hugo hockt sich zu ihm, schaut ihm in die schmalen, bernsteingelben Kateraugen.

Fritz miaut kläglich. Keine Ahnung? Ja, klar, zu seinem Frauchen. Wohin sonst? Weg von diesem aufdringlichen Tinchen-

Geschlabber. Na ja, er ist zwar kein Hundebaby, aber gut tut es ihm trotzdem nach dem großen Schrecken. Er leckt seine Pfoten trocken. Sie schmecken nach dem scheußlichen Rauch.

## 2. Kapitel: Hund und Katze im selben Körbchen!

Der Kater braucht ein paar Tage, um es zu verstehen. Im Haus nebenan ist kein Frauchen mehr.

Als die Sonne hoch über den Bäumen steht, sieht er viele Menschen in dunklen Jacken auf der Straße zusammenstehen. Auch das Mädchen und Hugo, der sie meistens Hannah nennt. Nur manchmal „Nervensäge“ oder „Tussenzicke“. Fritz schnuppert hinter ihnen her. Neugierig schleicht er ihnen nach.

Wo haben sie das Tinchen gelassen? An dem Garten hinter der hohen Mauer machen die Leute halt. Aus seinem Versteck unter den dichten Rhododendronbüschen beobachtet Fritz. Diesen Garten kennt er genau mit seinen großen glatten Steinen und den duftenden Blumen. In mancher hellen Nacht lauert er hier auf Mäuse und trifft seine Freunde bis zur Mitternacht. Am liebsten, wenn der Mond kugelrund ist.

Ein Mann in einem schwarzen langen Umhang winkt den Menschen, ihm zu folgen. Vor einem tiefen Loch bleiben alle stehen. Der schwarze Mann erzählt eine Menge, und jeder hört ruhig zu. Danach schieben vier Männer in schwarzen Anzügen und mit Hüten einen langen Holzkasten heran und versenken ihn in dem tiefen Loch. So viel hat Fritz verstanden: In diesen Holzkasten ist sein Frauchen eingesperrt. Nanu, Frauchen! Da drinnen kriegst du ja keine Luft. Was soll das? Kann diese nette Hannah ihm das erklären? Oder der Hugo? Wie soll er sie fragen? Wie sollen sie ihn verstehen?

Als alle Leute auf die Straße zurückkehren, läuft Fritz ihnen hinterher. Hannah entdeckt ihn und rennt kreischend auf ihn zu. „Fritz! Fritzchen!" Sie hockt sich neben ihn, schlingt fest die Arme um ihn. „Dein Frauchen hat ein ganz feines Grab, Fritzchen."

Dieses tiefe Loch heißt also Grab, hört der Kater. Aber was soll sein Frauchen da unten? Wann wird sie wieder herausgelassen zu ihrem Fritz?

„Du darfst bei uns wohnen, Fritzchen", flüstert die heisere Mädchenstimme. „So lange du willst. Immer!" In diesen wenigen Tagen hat der Kater sich wohl gefühlt bei Hannah, die ihn so lieb kraulen kann. Anfangs ist er dem fiependen Tinchen aus dem Weg gegangen. Aus sicherer Höhe auf dem Bücherregal hat er sie nicht aus den Augen gelassen. Abends, auf der Suche nach einem Schlafplatz, ist er in den breiten Korb in der Küche gestiegen und hat es sich auf dem weichen Polsterkissen bequem gemacht. Auch wenn es nach Hund roch. Er war fest eingeschlafen, bis er etwas Warmes neben sich fühlte. Er blinzelte mit dem rechten Auge. Nur kurz. Hatte er dem Tinchen den Schlafplatz geklaut? Er gähnte und schlief sofort wieder ein.

Es war schon hell, da hörte er Hannahs kräftige Stimme: „Mama, schau! Der Fritz schläft beim Tinchen!"

„Nanu!“ Die dunkle Frauenstimme klang verwundert. „Hund und Katze! Im selben Körbchen.“ Hugo wurde gerufen. „Wow! Krass. Die tun sich nix“, war sein Kommentar.

Fritz hat nun seinen bequemen Schlafplatz und vermisst seinen Katzenkorb beim Frauchen kaum noch. Tinchen hat nichts dagegen, wenn sie ihn jeden Abend im Hundekorb findet. Breit genug ist er für beide. Draußen wird es dämmrig nach einem langen sonnigen Tag. Eine unbekannte Stimme begrüßt den Kater. Braune freundliche Augen schauen ihn forschend an. Behutsame, sanfte Hände streicheln seinen Rücken. Die Stimme klingt fröhlich: „Tu sei un bell picolo gatto bianco. Con una macchia nera nella tua pelle. Tipo un cuore.“

Fragend sehen Hannah, Hugo und Fritz die fremde Frau an.

Mama übersetzt, denn diese Sprache verstehen sie nicht. „Du bist ein hübscher kleiner weißer Kater. Mit einem schwarzen Fleck in deinem Fell. Wie ein Herz.“

Fritz blinzelt geschmeichelt. Lässt sich gerne streicheln von diesen zarten Fingern. Gehört diese neue Frau jetzt mit ins Haus? Nein, nur zu Besuch ist sie. Aus Italien. Schade, miaut Fritz, als sie ihm am nächsten Nachmittag „A rivederci, gatto bianco!“, zuruft. Auf Wiedersehen, weißer Kater! Die Kinder winken dem Taxi hinterher, das diese nette Martina zum Flughafen bringt.

Eins gefällt dem Kater: Durch ihre seltsame Sprache bekommt er einen neuen Namen. „Gatto bianco“, hat sie ihn genannt. Weißer Kater. Hanna findet das lustig. Hugo auch. „Bijanko! Bijanko!“, kichert er. „Wie schreibt man das, Mama?“

Mama kennt sich aus: „Man spricht es auf Italienisch „bijanko“ aus, aber man schreibt es b-i-a-n-c-o.“

„Klingt voll witzig“, findet Hugo. „Nicht so langweilig wie Fritz. So heißt außerdem unser Opa. Aber kein Kater.“ Hannah gickert: „Bijanko! Bijanko!“ Der Kater ist empört. „Langweilig? Mein Name? Na wartet! Das erzähle ich meinem Frauchen.“

Auch dem Papa gefällt die Idee, den weißen Kater „Bijanko" zu nennen. „Der Name passt genau zu dir, du kleiner Schlingel."

Lachend zupft er Fritz am Schwanz. „Wirst dich schnell dran gewöhnen. Falls du es überhaupt bei uns und Tinchen aushältst, du Bijanko."

„Warum nicht?", denkt sich der Kater, der ab jetzt „Bijanko" gerufen werden soll. Hier ist es fast so schön wie bei seinem Frauchen. Und wer weiß, wann das ihren Fritz wieder abholt.

Später, nachdem Tinchen sich zum Kater in den Korb gekuschelt hat, zucken zwei kurze Blitze. Erschrocken blinzeln Hündin und Kater zum Herrchen hoch. Ach so, der hat bloß Fotos geschossen. „Echt nett, unsere beiden braven Tierchen", freut er sich. „Schwarz und weiß. Bianco – nero. Black and white. Wie mein Lieblingswhisky."

Fritz-Bijanko gähnt. „Lasst uns schlafen, bitte, ihr neugierigen Menschen!"

Die Sonne scheint ihm direkt auf die Nase. Neben dem Schlafkorb hockt Hugo und hält ein Blatt Papier hoch. „Guckt mal, ihr Schwarz-Weißen! Daddy hat euch super getroffen. Das oben drüber hab ich geschrieben: Tinchen und Bijanko." Komische Einfälle haben Menschen, denkt Fritz-Bijanko und hat es eilig, in den Garten zu kommen. Hier gibt es leider nicht sein feines Katzenklo mit dem weichen Sand wie bei seinem Frauchen. Tinchen macht ihr Bächlein ja auch in den Garten. Dann ist das wohl kein Problem.

### 3. Kapitel: Bist du schlau, Bijanko!

Der Kater beschließt, abzuwarten. Wenn sein Frauchen ihn nicht zurückholen kann, bleibt er halt bei dieser neuen Familie. Alle sind sehr lieb zu ihm. Na ja, der Hugo neckt ihn gerne. Zieht ihn am Schwanz. Hält ihm eine Stoffmaus hin und zerrt sie fix weg, sobald Bijanko nach ihr springt. Wenn der Kater eine tote Maus in die Küche legt, packt Hugo ihr dünnes Schwänzchen und saust hinter der wild quietschenden Schwester her. Die hat anscheinend was gegen tote Mäuse. Dafür mag sie den schneeweißen Kater mit dem schwarzen Schwanz und den schwarzen Flecken umso mehr. Wie zart ihre Fingerchen sein Fell kraulen und an seinen Öhrchen zupfen.

Ruhig und entspannt liegt der Kater auf den Küchenfliesen oder auf dem Rasen. Er gurrt und schnurrt zufrieden. Das neue kleine Frauchen plappert vor sich hin: „Du verstehst mich, ja, Bijanko?“ Die Katerohren zucken. Sie kichert fröhlich. „He, nickst du mit deinem Kopf? Heißt das Ja?“ Fritz-Bijanko bewegt sein Köpfchen auf und ab. Hannah jauchzt übermütig und schaut ihn mit leuchtenden Augen an. „Wie machst du bei Nein, Bijanko?“

Der Kater bewegt den Kopf von links nach rechts und wieder zurück. Begeistertes Klatschen. Stürmisch wird er umarmt. „Bist du schlau, Bijanko!“

Hannah stellt dem Kater verschiedene Fragen: „Magst du gerne bei uns sein, Bijanko?“ Eifriges Nicken. „Fehlt dir dein altes Frauchen doll?“ Wieder Nicken. Ein trauriges Nicken diesmal. „Geht unser Tinchen dir auf den Geist?“ Der Katerkopf dreht sich von einer Seite zur anderen. „Toll! Sie ist ja auch ´ne Liebe, nöch? Ihr müsst euch immer gut vertragen, ja?“ Langsames Nicken. Ohrenzucken.

Hannah springt auf. „Das zeigen wir Hugo. Machst du es für ihn auch, Bijanko?“ Eifriges Nicken. Hugo kratzt sich hinterm linken Ohr. Was soll das jetzt? Seine Schwester hat ´ne merkwürdige Fantasie. „Wow!“ Er schnauft bewundernd, nachdem die beiden ihm ihr Frage-Antwort-Spiel vorgeführt haben. „So clever bist du, Kleiner! Das müssen Mama und Daddy sehen!“

„Klappt das bei Großen auch? Nur bei Kindern, Bijanko?“ Flehend sieht Hannah den Kater an. „Bitte, du lieber Bijanko!“ Zuerst Nicken, dann Ohrenzucken und Schwanzaufrichten. „Heißt das `Mal sehn´?“, überlegt Hugo. „Los, wir holen Mama.“

Auch die Mama erkennt es - nach mehreren Versuchen - bald genau, ob der Kater mit `Ja!´ antwortet oder mit `Nein!´ Verwirrt reibt sie sich die Nase. „Gewaltig!“, lobt sie Kinder und Kater. „Jetzt müsst ihr ihm nur noch unser Sprechen beibringen.“

„Miau!“, tönt es heiser. „Miauuu! Miaaauuu!“

„Siehste!“ Hugo grinst zufrieden, „Kann er auch. Bloß in seiner Katzensprache.“

„Dann sollten wir schleunigst Kätzisch lernen. Miau! Miaaaauu!“, macht Mama und schneidet Grimassen wie eine zufriedene Katze. Bijanko kullert sich auf den Rücken, streckt die Pfoten in die Luft, kringelt den Schwanz ein. Blitzschnell kommt er hoch, springt steil in die Luft und landet mit allen vier Pfoten gleichzeitig. Dabei stößt er ein freudiges Maunzen aus.

„Ach, du süßes Kerlchen! An dir werden wir unseren Spaß haben!“, freut sich Mama. „Was wohl euer Papa dazu sagt?“

## 4. Kapitel: Wach-Kater Bijanko

Der Papa staunt nicht wenig, als sie ihm später ihren Bijanko als `coolen Superkater´ vorstellen. „Bist du ´ne Zirkusnummer?“ Lachend greift Papa nach der weißen Pfote. Er schaut dem Kater in die Augen. „So einer wie du hat uns gefehlt. Wenn Tinchen kein Wachhund sein will, sollten wir dich dazu ausbilden. Was meinst du, Bijanko?“ Die Katerohren zucken abwechselnd. Der Schwanz schlägt heftig. Langsam bewegt sich das weiße Köpfchen auf und ab. Ein paarmal hintereinander.

„Er sagt Ja!“ Hugo reißt die Arme hoch. „Du bist echt klasse, Bijanko!“

„Wachhund Bijanko! Nein, Wachkater.“ Mama legt den Zeigefinger an die Nase. „Eins verstehe ich nicht: Ich habe gelesen, Hauskatzen lassen sich äußerst selten von Menschen dressieren. Höchstens im Zirkus. Mit sehr viel Geduld. Ganz anders als ihre großen Verwandten, die wilden Raubkatzen. Wieso kann also unser Bijanko ein Wachkater sein?“

„Weil … Er ist halt … kein normaler Kater. Kapiert?“ Mit blitzenden Augen sieht Hugo die Eltern an. „Du bist was ganz Besonderes, ja?“ Hannah verzieht zweifelnd das Gesicht. Was wird der Kater antworten? Bijanko nickt bedächtig und maunzt leise. Fast so, als ob er verlegen wäre. „Siehste, er weiß es genau. Er ist was absolut Besonderes!“ Hugo klatscht begeistert.

„Wir glauben es dir, Bijanko.“ Papa geht in die Hocke und schaut in die weit offenen, bernsteingelben Kateraugen. „Auf diese kleine Dame muss unser neuer Wachkater zwei extra wachsame Augen haben. Bitte denk immer daran!“

Der sensible Bijanko hat es längst gespürt: Mit der kleinen Hannah gibt es ein Problem.

Warum geschieht das meistens laut, wenn sie etwas sagen will? Hugo dagegen nuschelt manchmal viel zu leise. Aber nur, wenn seine Schwester nicht in der Nähe ist. Mit ihr spricht er immer extra deutlich.

Warum fragt Hannah so oft nach, wenn ihr etwas erklärt wird? Warum schauen alle ihr genau ins Gesicht, sobald sie mit ihr reden, und machen ihr manchmal Zeichen mit den Händen, falls sie unsicher dreinschaut?

Warum leuchten in Hannahs Ohren diese seltsamen bunten Dinger? Mama, Papa und Hugo haben nichts Buntes in ihren Ohren. Der Hugo nur manchmal, wenn er Musik hört und dazu herumzappelt. In Hannahs Ohren sieht Bijanko das Bunte den ganzen Tag. Bis zum Schlafengehen. Nach der Gute-Nacht-Geschichte nimmt Mama zwei winzige Dinger vorsichtig aus jedem Ohr. Die legt sie in ein Kästchen, bis zum nächsten Morgen. Sie gibt Hannah einen Gute-Nacht-Kuss. Sagen tun sie danach beide nie mehr etwas, winken sich nur lächelnd zu, und die Kleine gähnt laut.

Mama fällt es nicht leicht, Bijankos „Fragen“ zu beantworten. Für einen Kater ist das alles eigentlich gar nicht zu verstehen, sagt sie. Für Bijanko vielleicht aber doch?

Hannah kann nämlich nur mit Hilfe von kleinen technischen Geräten etwas hören. Ihre Ohren funktionieren nicht wie bei anderen Kindern. Als sie noch sehr klein war, hat das niemand gemerkt. Später wollte sie einfach nicht sprechen lernen. Aber warum? Keiner konnte es sich erklären. Erst der Ohrenarzt hat es bei einer gründlichen Untersuchung festgestellt. Nur durch Hörhilfen kann der Schall von draußen in Hannahs Ohren übertragen werden. Die Kleine musste bereits mit zwei Jahren den ganzen Tag diese Hörgeräte tragen, in jedem Ohr eins.

Sie hat sich recht gut daran gewöhnt, meint Mama. Sie beklagt sich nie. Sie merkt ja, wie nötig sie ihre bunten `Ohren´ zum Hören braucht. So nennt sie diese Geräte immer noch, mit ihren fünf Jahren. Ohne die hört sie nämlich gar nichts. Sie muss halt mit der Technik in ihren Ohren zurechtkommen. Oft fährt Mama mit ihr zur Kontrolle beim Ohrenarzt. Und regelmäßig zum Hörakustiker. Der gibt ihr winzige Batterien mit. Ohne die funktionieren die Geräte nämlich nicht. Der Akustiker prüft, ob die Hörgeräte genau richtig eingestellt sind und gut klingen. Nicht zu laut und nicht zu leise. Immer ganz gleich. Er spielt ihr eine Reihe verschiedener Geräusche oder Wörter vor, und Hannah soll sie ebenso nachsprechen, wie sie es verstanden hat. Das ist witzig, denn manchmal sagt sie ein Wort verkehrt und muss laut lachen. Für sie ist das ein lustiges Spiel. Vor allem, wenn sie fix auf einen Knopf drücken muss, sobald sie etwas hört. Das kann sie nämlich richtig gut. Aufgeregt lässt sie sich am großen Ohr aus Plastik erklären, wie ihre Ohren innen drin aussehen. Spannend ist das.

Hannah geht gerne alle paar Monate zu dem freundlichen Ohrenarzt und dem netten Hörakustiker. Sie hält sogar ganz still, wenn ihr eine dicke Paste ins Ohr gedrückt wird. Sie staunt, wie wunderlich die beim Herausnehmen geformt ist. So sieht ihre Ohrmuschel innen aus? Wow!

„Warum brauchst du das?“, fragt sie die Assistentin.

„Deine Hörgeräte sollen perfekt in beide Ohren passen“, erklärt die Frau und lächelt Mama zu. „Damit kannst du dann alles prima verstehen, Hannah.“

„Bist du sicher?“ Hannah würde ihr ja gerne glauben. Aber stimmt das auch?

„Ganz sicher!“, nicken Mama und die Frau lachend. Hannah strahlt glücklich. Sie will doch schrecklich gerne all das auch verstehen, was die anderen Kinder hören.

Im Kindergarten gibt es nur noch ein zweites Mädchen mit Hörgeräten. Natürlich freut Hannah sich, sobald sie diese `Ohren´ auch bei anderen entdeckt. Keins der Kinder wundert sich über die pinkfarbenen Stöpsel in Hannahs Ohren. Weil kleine Kinder sich am liebsten sehr laut unterhalten, fällt Hannahs kräftige Stimme wenig auf. Sobald sie leise spricht, glaubt sie nämlich, die anderen könnten sie nicht verstehen. Ihre Eltern und Hugo haben sich daran gewöhnt und reden immer deutlich und langsam mit ihr.

Bijanko wird sich auch daran gewöhnen, nickt er, als Papa ihn danach fragt. Wenn man jemanden sehr mag, stört das seine feinen Katerohren nicht. Bijanko hat die putzmuntere, immer vergnügte Hannah längst in sein Katerherz geschlossen, mehr als die drei anderen Menschen und das vorlaute Tinchen. Den ganzen Tag über singt und trällert Hannah Melodien vor sich hin. Völlig anders als sein altes Frauchen. Das hat nur leise mit ihm gesprochen. Manchmal hat sie wunderschöne Musik gehört. Für die Katerohren waren diese hellen, oft zu hohen Töne nicht immer angenehm. Na ja, an Hannahs durchdringende Stimme gewöhnt er sich auch nur allmählich. Aber die kann er wohl nicht ändern. Und bestimmt auch nicht ihren „sturen Dickkopf“, wie Mama und Papa das seufzend nennen, weil die Kleine viel zu oft ihren Hannah-Willen durchsetzen muss. Unbedingt! Nicht selten sogar mit Wutgeschrei, bei dem Bijanko und Tinchen sich erschrocken verkriechen.

Oh ja, der neue Wach-Kater wird sich die größte Mühe geben, genau auf das pfiffige, so temperamentvolle Frauchen aufzupassen. Seine Ohren sind überempfindlich. Sie hören das leiseste Geräusch von weitem. Er wird Hannah seine Ohren leihen, damit sie alles fast so verstehen kann wie andere Kinder.

## 5. Kapitel: Fritz! Mein Fritzchen!

In dieser Nacht kann Bijanko nicht schlafen. Von einem Traum ist er wach geworden. Sein altes Frauchen hat nach ihm gerufen: „Fritz! Mein Fritzchen! Wo bist du, lieber Fritz?“ Sein Katerherz pocht wild. Mit gespitzten Ohren lauscht er. Da sind nur die leisen Schnarcher von Tinchen, die sich an seinen Rücken kuschelt. Behutsam, um sie nicht zu wecken, streckt Bijanko eine Pfote aus dem Hundekorb. Er schiebt sich auf den Fußboden, reckt sich ausgiebig, tapst auf Samtpfoten aus der Küche. Sein Frauchen muss in der Nähe sein. Er schnuppert mit zitternden Schnurrbarthaaren. Im Haus ist sie wohl nicht. Er wird im Garten nachsehen. Vergeblich sucht er nach einer offenen Tür oder einem Fenster zum Hinausschlüpfen. Ob Hannah ihn ins Freie lässt? Mit schnellen Sprüngen huscht er treppauf durch die angelehnte Tür ins Kinderzimmer. Ungeduldig stupst er die Kleine mit der Nase an den Arm. Sie grunzt und rollt sich auf die Seite. „Miau, Hannah! Wach auf! Miaauuu!“ Die weiche Katerzunge fährt durch das warme Kindergesicht. Hannah blinzelt, greift in Bijankos Fell und murmelt: „Lass mich schlafen!“ Endlich macht sie die Augen auf. „He! Was willst du, Bijanko?“ Sie setzt sich hoch.

„Miiiaaauuu!“ Kläglich klingt das Katzenstimmchen. Ach so, Hannah kann ihn ja nicht hören. In der Nacht liegen ihre Ohrenstöpsel in einem Apparat zum Trocknen. Mit der Pfote zieht Bijanko an der Bettdecke. „Musst du raus?“ Hannah schlüpft aus dem Bett und tappt hinter dem Kater her, die Treppe hinunter. Sie öffnet die Schiebetür zum Garten. „Husch-husch, raus mit dir in den Garten! Beeil dich, Bijanko! Bin sooo müde.“ Der Kater bleibt vor der Tür stehen, dreht Hannah den Kopf zu und bewegt den Schwanz. Endlich versteht das Mädchen: Sie soll mit ihm hinauskommen. Zögernd steigt sie die Stufen zum Garten hinunter. Bijanko springt vor ihr her. Auffordernd schlägt der schwarze Schwanz in der Dunkelheit. Die bernsteingelben Augen funkeln vor Erregung. Eng sind die Ohren angelegt.

„Wo willst du hin, Bijanko? Ist doch stockeduster mitten in der Nacht“, flüstert Hannah ängstlich. Der Kater bewegt den Kopf hin und her, streckt die rechte Vorderpfote dem Mond entgegen. Der ist fast rund heute. Hell schimmern Büsche und Bäume im silbrigen Licht. Gar nicht stockduster ist es, stellen Kind und Kater fest.

„Mir ist kalt, Bijanko. Komm wieder rein!“ Hannah macht kehrt und verschwindet in der Küche. Der Kater gibt nicht auf. Leise maunzend sitzt er im Gras. Seufzend erscheint Hannah mit einer Jacke und folgt ihm auf dem Gartenweg bis zur Straße. Eilig läuft Bijanko voraus. Wartet sein altes Frauchen noch auf ihn? Mit gespitzten Ohren lauscht er auf die Stimme aus seinem Traum. Weit ist es nicht bis zum großen Garten mit Frauchens Grab. Immer wieder dreht er den Kopf zurück zu Hannah, die ihm flink folgt. Patsch-patsch machen ihre bloßen Füße auf dem Steinboden. Im Mondlicht findet der Kater die Stelle sofort, wo die Männer den Holzkasten im Loch versenkt haben. Ein Erdhaufen ist da jetzt. Kränze von bunten Blumen liegen darauf. Vom Frauchen ist nichts zu sehen. Ihr Geruch schwebt nicht in der Luft.

Eng aneinander geschmiegt kauern Kind und Kater am Grab. „Nicht weinen, Bijanko!“ Das Stimmchen klingt in sein Ohr. „Dein Frauchen ist da oben. Schau! Im Himmel. Sie sieht uns. Ganz genau, weißt du. Sie freut sich, weil ´s dir gut geht, du Lieber.“

So gerne würde Bijanko das glauben. „Miau, Frauchen“, maunzt er kläglich. „Komm mal runter aus deinem Himmel. Sag mir, du hast dein Fritzchen immer noch lieb da oben. Bitte!“ Hallo! Was ist das? Ein heller Schein? Eine zarte Stimme? Zwischen dem großen Stein und dem hellen Holzkreuz … schwebt da sein Frauchen?

„Oh!“, macht Hannah und drückt sich erschrocken an den Kater. „Siehst du das auch, Bijanko?“ Mit weit aufgerissenen Augen starren sie dieses leuchtende Schweben an. Der Kater, mit gesträubten Nackenhaaren, macht einen Buckel, faucht nervös. Er beruhigt sich, als ein zarter Ton seine Ohren zucken lässt. Lauter wird der

Ton. „Fritz! Mein Fritzchen!“ Deutlich klingt es durch die stille Mondnacht.

Hannah klammert sich an Bijanko. Sie zittert heftig. „Das Helle … ist dein Frauchen“, murmelt sie. Ihre Stimme wird lauter. „Siehst du es auch?“ Der Kater nickt zögernd. „Warum sagt sie nix zu dir?“, wundert sich das Kind. Ach so, sie hört das feine Rufen nicht. Ihre bunten Hörstöpsel hat sie zu Hause gelassen. Beim Schlafen hat sie die niemals in den Ohren, erinnert sich Bijanko.

Umso klarer hat der Kater das Rufen gehört. Er schnieft überglücklich. Jetzt weiß er genau: Sein altes Frauchen hat ihn nicht vergessen oben in ihrem Himmel. Er wird nun in jeder Nacht hierher laufen und auf sie warten. Ohne Hannah.

Beim Ruf der Eule zuckt er zusammen. Hast du dich auch erschrocken, Hannah? Wie denn, wenn sie nichts hört? „Miau! Miauuu, Hannah!“, klingt es über die Gräber. Keine Antwort. Natürlich nicht. Er kann noch so laut maunzen. Das Schlagen der Uhr im Kirchturm, zwölfmal hintereinander, hört nur er. Und das Flugzeugbrummen hoch über ihnen. Schlimm muss das sein, wenn alle Laute draußen bleiben. Bijanko kann es sich nicht vorstellen mit seinen überempfindlichen Katzenöhrchen, die jedes noch so kleine Geräusch ahnen. Das Herrchen hat Recht. Er wird auf sein neues Frauchen doppelt aufpassen müssen. Die bunten Ohrenstöpsel sehen lustig aus, doch soll er ihnen trauen? Er wird sich angewöhnen, für vier Ohren zu hören, statt für seine zwei.

Ist es nicht gefährlich, wenn Hannah manches nicht richtig hören kann, trotz der Geräte in ihren Ohren? Zum Beispiel ein Auto? In dem kleinen Katerkopf schlagen die Gedanken Purzelbäume. Oh, Fritz-Bijanko! Du übernimmst keine leichte Aufgabe. Er denkt zurück an sein altes Frauchen. Besonders gut konnte das auch nicht hören. Hatte sie nicht ein ähnliches Ding? Nur in einem Ohr? Das sah langweilig aus. Kein bisschen bunt und lustig. Das Frauchen zupfte immer ihre Haarsträhnen übers Ohr. Sollte wohl keiner auf die Idee kommen, ihr das Ding wegzunehmen?

Hannah stupst ihn an. „Mir ist kalt, Bijanko! Komm! Ich will in mein warmes Bett.“ Deutlich schallt ihre Stimme über die Gräber. Zwei kleine Schatten huschen vorüber an dunklen Häusern und schlafenden Gärten. Kind und Kater haben es eilig, ins Warme zu kommen. Mit einem tiefen Seufzer zieht Hannah ihre Bettdecke bis zur Nasenspitze. Am Fußende rollt Bijanko sich zusammen. Glücklich ist er und nur noch katermüde. Zwei Minuten später träumen sie beide: Der Kater von seinen beiden völlig unterschiedlichen Frauchen. Das Kind vom schwarzen Tinchen und vom weißen Bijanko, dicht zusammengekuschelt im Hundekörbchen.

Natürlich behält Hannah ihren nächtlichen Ausflug für sich. Obwohl es ihr arg schwer fällt, Hugo nicht zu erzählen, wie megagruselig es auf dem düsteren Friedhof gewesen ist. Zur Geisterstunde! Hugo würde ihr Geheimnis sofort ausplappern. Die Eltern müssten sicher mit Bijanko schimpfen, weil er sie hinter sich her gelockt hat. Mitten in der Nacht! Für Bijanko muss Papa schnellstens eine Katzenklappe in die Terrassentür einbauen. Wie soll der Kater sonst nachts seinen Weg nach draußen finden?

Hannah spürt es: Der tapfere weiße Kater mit dem schwarzen Herzen im Fell wird öfter mitten in der Nacht sein altes Frauchen besuchen. Sie kann ihm nicht jedes Mal nachlaufen. Ohne ihre Hörgeräte! Wenn das die Mama wüsste! Zum Glück ist Hannah keine Katze! Oder schade? Nee, nachts ist es in ihrem weichen Bett gemütlicher. Sie niest kräftig. Und gleich zweimal hinterher. Oh, Schreck! Hat der Ausflug ihr einen Schnupfen gebracht? Selber schuld, wer ohne Schuhe und Strümpfe, im Schlafanzug, nur mit ´ner dünnen Strickjacke in der Nachtkühle rumrennt!

## 6. Kapitel: Schau! Bijanko kommt mit!

Nach dem Frühstück hat Hugo es eilig. Sein Freund Emil wartet an der Ecke. „Komm pünktlich heim. Es gibt Käseauflauf!“, ruft Mama ihm nach.

„Leeecker! Käääse!“, ruft Hannah. „Hebst du mir was auf?“

Hannah bekommt im Kindergarten ihr Mittagessen. Ihren Lieblings-Käseauflauf gibt es da selten. Mama bringt sie mit dem Fahrrad hin. Hannah fährt auf ihrem Kinderrad neben ihr her. Vergnügt lacht das Kindergesicht unterm Fahrradhelm zum Kater hinunter. Der folgt ihnen in lustigen Sprüngen. An Fahrräder ist er nicht gewöhnt.

„Schau, Bijanko kommt mit!“, ruft Hannah begeistert. An der Fußgängerampel steigen sie ab.

„Hierher, Bijanko!“ Brav tappt der Kater neben Mamas langen Hosenbeinen und den zwei großen Reifen über die Hauptstraße.

„Der ist schlau, was?“ Übermütig hampelt die Kleine mit ihrem Lenker. „Schluss mit dem Unfug auf der Straße, mein Zappelmäuschen!“, mahnt Mama.

Vorm Kindergarten nimmt Hannah ihren Bijanko fest in die Arme. „Gib gut auf meine Mami acht, du Lieber!“ Sie drückt ein feuchtes Küsschen auf den schwarzen Stirnfleck. „Bald komm ich wieder, Bijanko. Hab dich doll lieb! Du mich auch?“ Der Kater nickt und schlägt mit dem Schwanz.

Mama lacht. „Los, rein mit uns! Warte hier auf mich, du schlauer Bursche. Dauert nur zwei Minuten.“ Geduldig sitzt der Kater auf der Treppe, blinzelt mit zusammengekniffenen Äuglein in die Sonne und lässt sich von den anderen Kindern und Müttern bewundern. Mit angelegten Ohren beobachtet er alles genau. Auf der Heimfahrt sitzt er stolz vorne im Einkaufskorb. Neben der Tüte mit den roten Zwiebeln, dem Knoblauchzopf, dem Petersilienbund und der Salatgurke, die Mama am Gemüsestand gekauft hat. Zufrieden hält er das Näschen in den Fahrtwind. Fahrradfahren gefällt ihm. Sehr sogar, nachdem er sich zuerst heftig gesträubt hat, als die Mama ihn hochheben und in den Korb setzen wollte! Sie musste ihm gut zureden. Großen Hunger hat er. Ob Tinchen ihm was übrig gelassen hat, gefräßig wie sie ist? Dabei hat sie reichlich eigenes Futter. Sie nascht halt gerne an seinem Napf. Nein, ihr Hundefutter ist nichts für ihn! Es schmeckt ihm zu langweilig und zu eklig nach Hund.

Tagsüber geht er der munteren Hündin meistens aus dem Weg. Sie kann halt nicht mit ihm auf Bäume klettern oder an Wänden hochturnen. Und sie kann ihre Krallen nicht einziehen. Nein, so ein armer Hund möchte er lieber nicht sein! Dafür kann sie jaulen, fiepen und kläffen. Scheußlich, der Lärm! Doch nachts ihre kuschelige Wärme an seinem Rücken zu spüren, tut ihm gut.

Am liebsten klettert Bijanko hinauf zum Baumhaus im hohen Kastanienbaum. Von oben schaut er weit über viele Hausdächer. Bis zum großen Garten, wo er sein altes Frauchen treffen kann. Ein paarmal hat er sich nachts aus dem Schlafzimmerfenster geschlichen. Lange saß er unbeweglich neben dem Erdhügel mit den Blumenkränzen, die verlockend süß dufteten. Auf den hellen Schein musste er vergeblich warten. Die feine Stimme hat er nie mehr gehört. Nur einen fetten alten Mäuserich und zwei dumme magere Mäuschen hat er gefangen und Tinchen mitgebracht. Die hat überrascht gejault, dran geschnuppert und ist weggelaufen. Sie frisst eben lieber ihr langweiliges Dosenfutter. Soll sie doch!

Nachmittags steigen Hugo und Hannah auf der Strickleiter zu ihrem Baumhaus hinauf. Oft bringt Hugo seine Freunde mit zum Cowboyspielen. Hannah und Bijanko mögen das Geschrei nicht. Sie kuscheln sich auf der Terrasse in den gemütlichen Strandkorb und unterhalten sich. Der Kater hat viel Geduld und antwortet auf die Hannah-Fragen mit Nicken, Kopfdrehen, Ohrenzucken und Schwanzschlagen. Auch mal mit einem Buckel und wildem Fauchen: „Ja! - Nein! - Vielleicht? - Ich weiß nicht! - Hilfe! - Bitte nicht!“ - „Du bist mein allerallertollster Bijanko auf der ganzen Welt!“ Liebevoll schlingt die Kleine ihre Arme um den Katerhals. „Du bist mein megabester Freund, Bijanko! Bin ich auch deine beste Freundin?“ Der Kater nickt eifrig und lässt seinen Schwanz tanzen wie eine Schlange zur Flötenmusik. Hannah glüht vor stolzer Freude.

## 7. Kapitel: Lass deine Pfoten von Bijanko!

Am Mittwochnachmittag fahren Hugo, Emil und Hannah vorm Haus mit ihren Inlinern. Hannah muss eifrig üben, um das Gleichgewicht zu halten. Gerade ist sie wieder unsanft auf dem Hintern gelandet. Traurig hockt sie auf dem großen Stein neben der Einfahrt. Nachdenklich schaut sie den Jungen zu. Warum hat sie immer wieder Angst vorm Hinfallen? Mit ihrem Kinderfahrrad hat sie doch auch gelernt, die Balance zu halten, nachdem der Papa ihr immer neuen Mut machen konnte.

Der Kater hat sich auf dem Briefkasten eingerollt, lässt sein Fell von der Sonne wärmen. Ab und zu blinzelt er zu seiner allerbesten Freundin hinunter. Alles in schönster Ordnung! Denkt er jedenfalls und schläft ein. Nur die schwarze Schwanzspitze zuckt in seinen Mäuseträumen.

Zwei größere Jungen schlendern von der anderen Straßenseite herüber. Sie stellen sich Hugo und Emil in den Weg, lassen blöde Sprüche los und fühlen sich bärenstark. Hannah springt auf. „Lass meinen Bruder in Ruhe, du!“, schreit sie den größeren an.

„Ach nee“, grinst der und grapscht nach den blonden Minizöpfen. „Bist ´ne Gifthexe, ey?“

„Klar! Bin ich wohl!“ Zornig funkeln Hannahs Blauaugen. „Haut ab!“

„Wat schreiste so, Kleene? Bin nich taub, weißte!“, motzt der Junge sie an.

„Ich aber! Hier! Guck!“

Hannah zeigt auf die bunten Ohrenstöpsel.

„Wow! Affengeil! Was ´n das? Lass mal hören!“ Schon hält er das rechte Hörgerät in den Fingern, will es sich ins Ohr schieben. Hannah hüpft vergeblich an seinem Arm hoch und zetert empört.

„Gib das sofort her, Mann!“ Drohend reckt Hugo sich vor dem Großen auf und fuchtelt ihm mit der Faust vor der Nase herum. „Hörgeräte sind das, Schlaumann. Nix mit Musik!“

„Nee, nöch?“ Der andere macht auf obercool. „Verarschen können wir uns selber, Großmaul.“

„Hörgeräte! Für so ´ne Kleene? Wat ham wir gelacht!“, gackert der Größere.

„Für so ´ne Kleene! Jawoll, Doofi!“ Hugo platzt beinah vor Wut.

„Wozu soll ´n die gut sein?“ Der Junge tippt sich an die Stirn.

„Bestimmt nich zum Kickboxen!“, mischt Emil sich ein.

„Zum Hören, ihr Blödies!“ Hannah brüllt mit ihrer nervigsten Kreisch-Stimme. Feuerrot ist sie. Ihre Augen blitzen.

„Wie? Was? Verstehste sonst nix?“ Der mit den roten Igelhaaren guckt nicht allzu intelligent von Hannah zu Hugo.

„Nee! Nix! Kein winziges Bisschen.“ Er antwortet für seine Schwester. Die hat das Nuscheln nämlich kaum verstanden. „Absolut null. Falls ihr das kapiert.“

„Als Baby schon?“ Der Rote schaut Hannah ungläubig auf die Ohren. „Glaub ich nich, Mann!“

„Logo!“ Triumphierend blitzt Hugo ihn an. „Hättste nich gedacht, was?“ Tja, er hat eine ganz besondere Hannah-Schwester.

Die Jungen starren Hannah an wie das weiße Langohr-Kaninchen aus dem Zauberhut.

„Überhaupt … gar … nix?“, stottert der Große.

„Gar nix!“ Hugo und Emil nicken ernsthaft. Emil setzt noch eins drauf: „Seine Schwester braucht die rosa Teile bloß für ihre Ohren. Ihr braucht so Teile in rosa Schweinchenfarbe. Für euer Spatzenhirn. Falls es die gibt, - für Hirnamputierte.“

Bijanko ist hellwach. Angespannt schnüffelnd beobachtet er die Kindergruppe. Das riecht heftig nach Streit. Ein langgezogenes Alarm-Miauen lässt die fremden Jungen herumfahren.

„Upps! Da schreit noch einer“, stöhnt der Rothaarige. „Was ´n ulkiges Katzenviech. Lässt sich das streicheln? Wir ham so eine in schwarz, wie ´n Rabe.“

„Lass deine Pfoten von Bijanko!“, warnt Hugo. „Nix von Spaß versteht der mit seinen messerscharfen Krallen.“

„Aber du, ey?“, knurrt der Junge. Argwöhnisch peilt er zum Briefkasten.

„Nö! Auch nich.“ Hugo grinst frech. Mit dem fauchenden Katerbuckel im Rücken fühlt er sich stark wie nie.

„Komm her, Zwerg! Willste ′n Kämpfchen?“ Der Große geht in Boxerstellung. „Ham wir Schiss vor eurer tollen Kampfkatze, he?“

„Is ′n Zauberkater“, kontert Hugo und zwinkert Emil zu.

„Mit magischen Klauen und Zähnen. Spitz wie Pfeile!“, hilft Emil ihm mit todernster Miene.

Wie auf Kommando erscheint Mamas Gesicht am offenen Küchenfenster. „Hugo! Hannah! Emil! Rein mit euch! Alle drei! Dalli-dalli!“

„Upps!“ Der Rothaarige klappt den Mund zu.

„Glück für euch, Winzlinge!“, schnieft sein Freund mit geballten Fäusten. „Euch erwischen wir demnächst. Jede Wette!“ Er hält immer noch Hannahs pinkfarbenes Hörgerät zwischen den Fingern. Vorsichtig, wie ein rohes Ei, legt er es in ihre ausgestreckte Hand. Mit beiden Händen umschließt Hannah es und trägt es ins Haus. Fürs Einsetzen ins Ohr sind immer die Mama oder der Papa zuständig. Das schafft sie noch längst nicht allein.

„Sorry! Tut mir leid. Echt, du Kleene“, nuschelt der Junge ihr hinterher.

„Werd ′s ihr ausrichten“, ruft Hugo über den Zaun und sprintet hinter Emil her.

„Mensch, erst so ′ne Lütte und kann nix verstehn. Scheiße, was?“ Nachdenklich sieht sein Kumpel den dreien hinterher. Das verstehen nur noch die hoch aufgerichteten Katerohren. Erleichtert schnuppert Bijanko den beiden Jungen nach. Wie Feinde riechen die eigentlich nicht. Er merkt sich ihren Geruch ganz genau. Wer weiß, vielleicht tauchen sie bald noch mal auf und suchen wieder Streit …

Ein eleganter Sprung. Mit allen Pfoten zugleich landet Bijanko auf dem Gartenweg, federt kurz ab. Neugierig läuft er seinem kleinen Frauchen hinterher. Hat die Mama eine Schale mit frischem Wasser hingestellt? Wo steckt überhaupt dieses treulose Tinchen? Ein Wachhund ist sie wirklich nicht. Ob Bijanko ihr das noch beibringen kann?

## 8. Kapitel: Sooo ein Radau!!

„Stell dir vor, Bijanko, am Sonntag ist wieder Schützenfest.“ Hannahs Augen strahlen.

„Alle Schützen marschieren an unserem Haus vorbei“, erzählt Hugo eifrig. „Der Opa Fritz marschiert auch mit. Sein richtig scharfes Gewehr hat er dabei. Peng! Peng! Das wird toll!“ Aufgeregt hopsen die Kinder durch den Garten. „Das gibt Peng! Knall! Bumm!“, ruft Hugo.

„Peng! Peng! Bummbumm!“, kichert Hannah. „Ganz toll!“

Ganz so toll wird es dann doch nicht. Jedenfalls nicht für Bijanko. Und schon gar nicht für sein kleines Frauchen. Gleich nach dem Sonntagsfrühstück muss Hannah unbedingt ihr neues buntes Sommerkleid mit den Spagettiträgern anziehen. Mit dem muss sie später unbedingt ins Baumhaus klettern. Mit dem weiten Rock muss sie unbedingt an einem Holzspan hängenbleiben. Ratsch! Der schöne, neue, bunte Sommerkleidrock ist danach gar nicht mehr schön neu. Oma weiß Rat. Mit Nadel und Faden bessert sie den Riss aus. Heute ist sie den ganzen Tag zu Besuch. Beim großen Festzug will sie unbedingt ihrem Opa Fritz zuwinken. Und wenn die vielen Schützen und alle Festgäste im Zelt ihre vielen Bierchen trinken müssen bei der Hitze, wird die Oma daheim auf Hannah achtgeben. Mama, Papa und Hugo wollen dem Opa im Festzelt Gesellschaft leisten beim Brezelessen. Das kann länger dauern.

Endlich ist das Mittagessen vorbei. Ungeduldig lauern die Kinder am Gartenzaun auf die ersten Töne der Musikkapelle. Sie marschiert im Festzug vorneweg. Bijanko und Tinchen bleiben lieber im Hintergrund. Die Hündin tänzelt und hechelt nervös. Sie mag die Hitze nicht und spürt die allgemeine Unruhe. Der Kater gähnt gelangweilt. Was geht ihn das alles an? Er liegt faul unter den Büschen und döst vor sich hin.

He! Nanu! Was ist das für ein Krach? „Rummdibumm, rummdipeng …“, macht es. Immer wieder von vorne. Es kommt näher. Erschrocken setzt Bijanko sich auf, schnuppert mit hochgestellten Ohren. Unruhig zuckt die Schwanzspitze. Er reibt sich mit den Pfoten die Augen. Wie soll er schlafen bei diesem Lärm?

„Rummdibumm, rummdipeng …“ Oh weh! Sein Hannah-Frauchen! Wie laut muss das Gebummer dröhnen in ihren Ohren! Bijanko reckt sich, macht ein paar zögernde Schritte. Liebes Frauchen, dein Wachkater kommt! Er findet sie beim Zaun, dicht an die Oma geschmiegt. Sie pressen beide die Hände fest auf die Ohren. Direkt vor ihnen marschieren die Musikanten vorbei. Die machen diesen furchtbaren Krach.

Bijanko stößt Hannah mit der Nase ans Bein. „Frauchen, hörst du das? Tut es deinen Ohren auch weh?“ Mit den Vorderpfoten versucht er, seine Öhrchen zu schützen.

Allmählich wird das Rummbumm leiser. Er atmet auf. Hannah und Oma nehmen die Hände von den Ohren. „Das war laut! Puh, sooo laut!“, stöhnt Hannah.

„Ja, meine Süße. Das war besonders laut.“ Oma drückt ihre Enkelin an sich.

„Für dich auch, Bijanko?“ Hannah kauert sich zu dem Kater. Sie streichelt ihn und sagt ihm ins Öhrchen: „Ist ja vorbei, du mein Guter!“

Es geht erst richtig los! Ein scharfer Knall scheint die Luft auseinander zu reißen.

„Oma! Hilfe!“ Hannah zuckt heftig zusammen.

„Verflixt!“, schimpft die Oma. „Ich habe nicht ans Schießen gedacht. Schnell ins Haus mit uns!“ Sie zieht die Kleine hinter sich her. Bijanko springt ihnen hastig nach.

Noch zwei Mal ertönt das laute Krachen. Eine Ehrensalve. Drei Mal! Aus vielen Schützengewehren gleichzeitig. Sogar durch die geschlossenen Fenster dröhnt es scheußlich. Wieder presst Hannah die Hände fest auf die Ohren. Ein Pfeifton im rechten Hörgerät lässt sie weinen. Oma nimmt zuerst das zitternde Kind in die Arme. Sie hat vorsichtshalber die Hörgeräte aus Hannahs Ohren herausgeholt.

Dann streichelt sie den verängstigten Kater liebevoll. „Ach, wir Ärmsten“, sagt sie zärtlich. „Warum müssen die Menschen so einen Radau machen? Schlimm ist das für unsere Ohren. Da ist es direkt manchmal gut, wenn wir nicht gut hören können. Aber nun scheint ja alles vorbei zu sein.“

„Ein Glück!“ Hannah und Oma seufzen. Bijanko schüttelt sich.

„Doofer Radau! Doofes Schießen! Hast du dolle Angst, Bijanko?“ Diesen Lärm hat er schon manchmal gehört. Sein altes Frauchen mochte den auch nie. Er nickt beschämt. Darf ein Wachkater ängstlich sein? Jedenfalls hat er sich nicht versteckt wie Tinchen. Die ist beim ersten Knall blitzschnell auf der Kellertreppe verschwunden. Er will doch ein besonders tapferer Wachkater sein.

„Wir gehn nicht ins Festzelt, Oma?“ Hannah lässt sich ihre `Ohren´ wieder einsetzen.

„Lieber nicht“, sagt Oma. „Den Lärm von so einer Menge Leute brauchen wir nicht. Wir machen es uns hier gemütlich.“

„Au ja, vorlesen!“ Hannah schleppt ihre Lieblingsbücher zur Couch und zieht die Oma neben sich. „Bijanko, mach Hopp!“

Der Kater kuschelt sich halb auf Hannahs und halb auf Omas Schoß. Tinchen traut sich erst nach einer Weile aus ihrem Kellerversteck, weil sie eilig in den Garten muss.

Während Oma vorliest, schaut Hannah zu ihr auf. „Du hast auch neue Ohren“, stellt sie zufrieden fest.

„Ja, leider keine schönen bunten wie du“, lächelt Oma.

„Auch schon, wie du ein kleines Mädchen gewesen bist, hast du Ohrstöpsel gehabt?“, fragt die Kleine eifrig.

„Oh, nein, mein Hannah-Schätzchen. Erst als ich eure Oma geworden bin.“ Oma schmunzelt.

„Hugo war da ganz klein, ja?“

„Dein Bruder war ein winziges Baby“, nickt Oma.

„Hugo-Baby! Hihihi!“ Hannah kichert. Die Idee ist zu lustig. Nachdenklich sieht sie Omas Ohren an. „Warum?“, fragt sie.

„Was … warum?“, will Oma wissen.

„Warum du auch die Geräte hast.“ - „Ach so. Na ja, ich konnte nicht mehr alles verstehen. Das fing mit dem rechten Ohr an. Nur die Hälfte habe ich verstanden und musste oft nachfragen“, erinnert sich die Oma genau.

„Da hat der nette Ohrendoktor dir ins Ohr reingeleuchtet und gesagt, du musst was zum Hören haben. Wie bei mir“, erinnert Hannah sich fast ebenso genau. „Du, Oma-Schätzchen, wieso sind deine Stöpsel nicht pink?“

Oma lacht: „Ach, weißt du, bei großen Leuten sollen die Hörgeräte lieber unauffällig sein. Ich kämme meine Haare über die Ohren. Muss ja nicht jeder sehen, was ich in den Ohren spazieren trage.“

„Kapier ich voll nich.“ Das ist Hugos Lieblingsspruch. Hannah findet ihn total cool. „Hördinger muss niemand verstecken, sagt Mama. Die dürfen alle sehen.“

„Recht hat sie, deine schlaue Mama. Ich finde deine rosa Hörgeräte auch sehr schick, meine Süße. Die darf ruhig jeder bewundern.“ Oma lacht verschmitzt. Hannah reckt sich stolz. „Finde ich nämlich auch. Die Kira im Kindergarten hat sie in grün. Die sind anders schick.“

„Ja, ich weiß“, nickt Oma. „Hauptsache bunt.“

„Du, Omalein, wie oft musst du zur Gold-Frau?“, fällt es Hannah ein.

Oma stutzt. „Ach, du meinst Frau Goldner? Deine Logopädin?“

„Hmm!“ Hannah nickt. Sie geht gerne zu dieser lieben Gold-Frau, die mit ihr das richtige Sprechen übt. Schon seit sie zwei Jahre alt ist und kaum ein Wort reden wollte. Oma hat sie öfter dorthin gebracht, weil Mama keine Zeit hatte. Komisch, sich vorzustellen, wie auch die Oma der Gold-Frau Wörter und Sätze ohne Fehler nachsprechen muss.

„Das ist eine Übungsstunde für Kinder, meine Süße.“ Kaum kann Oma sich das Lachen verkneifen. „Alte Leute brauchen das Sprechen nicht mehr zu lernen.“

„Aber ich. Auch vielleicht noch, wenn ich bald in die Vorschule gehe, sagt Mama.“ Hannah hat viel Spaß an diesen regelmäßigen Trainingsstunden, wie Hugo die nennt. Dabei war er fast noch nie mit dort. Er muss stattdessen üben, wie man ohne Fehler Fußball spielt und die coolsten Tore schießt.

„Hast du sie schon mal verloren?“, fällt ihr als nächstes ein.

„Verloren? Wen?“ Oma macht ihr erstauntes Gesicht. „Du meinst die Hörgeräte?“ Hannah nickt.

„Meine Güte! Das wäre schrecklich!“ Oma guckt entsetzt. „Die sind ja mächtig teuer. Du passt doch immer extra gut auf, damit keins wegkommt?“

„Ist schon mal." Hannah schaut die Oma stolz an. „Weg war ´s! Raus aus dem Ohr." Sie tippt an ihr linkes Ohrläppchen. „Uff, Mama war so was von megastinkig."

„Der Ohrenarzt bestimmt auch", vermutet Oma.

„Nöö, der nicht so doll. Bei Kindern passiert das mal, hat er gesagt. Er war richtig lieb. Hat gar nicht geschimpft."

„Habt ihr das Gerät denn wiedergefunden?", fragt Oma.

„Nö! Einfach weg war ´s. Alle mussten suchen. Wie verrückt! War nix zu machen." Seufzend streichelt Hannah das schwarze Herz in dem weißen Katerfell. Bijanko rollt sich gähnend auf die andere Seite. Weiterkraulen bitte!

„Na, besser der Ohrenstöpsel als das ganze Kind", meint Oma. „Danach hast du immer besonders doll aufgepasst, nicht wahr?"

„Logo!" Hannah kichert vergnügt. „Ohne die Dinger hör ich ja nix. Nicht mal, wenn ´s knallt. Doof, nöch? Findest du auch, was?"

„Es ist nun einmal so", sagt Oma. „Viele andere Kinder müssen stattdessen eine Brille auf der Nase tragen. Das gefällt ihnen bestimmt auch nicht."

„Oder ´ne bescheuerte Zahnspange", fällt es Hannah ein. „Du, Oma! Mir gefallen meine Ohren eigentlich richtig gut. Im Kindergarten haben die bloß wir beide. Kira und Hannah. Toll, was? Die anderen Kinder nehmen so bunte Stecker höchstens manchmal zum Musikhören."

„Mächtig toll." Oma nickt. „Ich kenne überhaupt kein anderes Kind mit schicken Hörgeräten. Bloß meine süße Hannah-Maus."

„Siehste!" Hannah strahlt geschmeichelt. „Deine Enkelin ist was Extratolles, ja?"

Oma drückt sie fest an sich. „Oh, ja! Was ganz, ganz Extratolles!" Bijanko spitzt die Ohren. Er hat genug geschlafen und blinzelt sein kleines extratolles Frauchen und die nette Oma nachdenklich an. Es wird endlich Zeit, mein Frauchen, ihr dieses Kater-Frage-Spiel vorzuführen, denkt er. Was wird sie dazu sagen? Kann sie die Katzensprache ebenso verstehen, obwohl sie eigentlich nur halb zu dieser Familie gehört? Leider versteht Hannah ihn heute nicht. Oder hat sie einfach keine Lust, ihn etwas zu fragen? Die Oma war ja noch nicht fertig mit Vorlesen. „Weiter, Omalein. Bitte!“ Hannah kuschelt sich wieder zurecht.

## 9. Kapitel: Wo ist Bijanko?

Schon am Sonntag sind Oma und Opa wieder da. Es ist Hannahs Geburtstag. Eine weiße Schlagsahne-Sechs leuchtet auf der Schokoladentorte. Die hat Oma für ihre extratolle Enkelin gezaubert. Das allerwichtigste Geschenk ist der pinkfarbene Schulranzen. Gleich nach Hugos Sommerferien wird Hannah mit in die Schule gehen. Für ein Jahr zunächst in die Vorschule. Sie ist richtig zittrig vor Aufregung, wenn sie sich das vorstellt. Ihren Namen kann sie längst aufschreiben. Der ist von vorne genauso zu lesen und zu schreiben wie von hinten. „Total easy“, sagt Hugo. „Du hast ´s gut.“

Ihre zwei besten Kindergartenfreundinnen Gloria und Karla kommen in die erste Klasse. Hannah darf mit ihnen Geburtstag feiern. Auch die beiden Cousins sind da. Theo und Pauli.

Hannah darf sich zuerst ein Spiel wünschen. „Anschleichen!“, bestimmt sie und hockt sich ins Gras. Sie hält sich die Augen zu. Wer schafft es als erstes aus dem Kreis, sie anzutippen? Geduckt nähern die Kinder sich ihr von allen Seiten, möglichst geräuschlos. Hugo hat sie fast erreicht, da zeigt Hannahs Finger in seine Richtung. Er macht knurrend kehrt und muss das Antippen Theo überlassen. Jetzt kommt Theo in die Mitte, aber er linst, als Gloria ihn stupsen will. „Gemogelt, Theo!“, schreit Hannah und jagt ihn davon.

Mama schlägt Topfschlagen vor. „Was für Babys“, motzt Pauli, haut dann jedoch so heftig auf dem Topfboden herum, dass Hannah sich die Ohren zuhält und Bijanko hastig hinter dem Haus verschwindet. Gierig zerrt Pauli sein Geschenk unter dem Topf hervor und gibt die Suppenkelle an Karla weiter.

„Nehmt lieber diesen Stock zum Draufschlagen“, bittet Oma. „Sonst fallen meine Ohren ab von dem Scheppern.“ Dankbar schaut Hannah sie an.

Den Kuchen wollen die Kinder im Baumhaus essen. Mama packt Teller, Becher, Löffel, Kuchen und Safttüten in den Henkelkorb. Papa klettert die Strickleiter hoch, lässt das dicke Seil herunter und zieht den Korb langsam daran in die Höhe. Ist das gemütlich zwischen den großen Kastanienblättern!

„Wie im Himmel“, findet Karla. „Alles rundrum grün.“

„Im Himmel? Da isses blau. Bisschen weiß und grau von den Wolken“, weiß Pauli. Er kommt schon in die zweite Klasse und ist ein Oberschlauer.

„Warst schon mal oben, was?“ Hugo grinst ihn spöttisch an.

„Wohl! Im Flieger! Nach Teneriffa“, schmatzt Pauli. „Theo auch.“

Ein weißes Köpfchen mit schwarzem Stirnfleck erscheint auf dem Ast über ihnen. Ein Maunzen, ein schneller Sprung. Weich landet der Kater neben Hannah. „Willst du auch Geburtstagskuchen, Bijanko?“, lockt sie ihn zärtlich. „Quatsch! Katzen mögen keinen Kuchen. Höchstens Milch“, protestiert Theo.

„Denkste. Und wie die Kuchen fressen! Deine Milch ist nix für Katzen, du Spinner!“ Hugo zeigt Theo ein Piepvögelchen. Acht eifrige Kinderhände wollen den süßen Kater streicheln. Unterm Baum hören sie das Tinchen kläffen. „Ist die sauer, weil sie nicht hochklettern kann?“, vermutet Gloria.

Lautes Brummen kommt näher. „Hubschrauber“, erkennt Theo. Das Brummen wird zum Knattern. Die Jungen spähen durch die dichten Blätter.

„He, Pauli! Fall nicht runter!“ Hugo schreit gegen den Hubschrauber-Krach an. Denn Pauli ist fast bis zum Rand der Holzplanken gekrochen und zeigt aufgeregt in die Höhe. „Is´n Gelber!“, posaunt er. „Is´n Unfall. Der landet. Da drüben! Wow!“ Er greift nach der Strickleiter.

„Bleib hier!“, brüllt Hugo. „Is nix für Zuschauer!“

Pauli ist gleich unten. Flink klettert Theo ihm hinterher. Hugo tippt sich genervt an die Stirn. Aus dem lauten Knattern in der Luft wird ein schriller Pfeifton, irgendwo am Boden. Hannah hält die Hände auf die Ohren, bis er vorbei ist. Bijanko läuft unruhig hin und her. Muss schon wieder ein solcher Lärm sein? Frauchen, halt aus! Es ist ja endlich wieder ruhig.

Das geht allerdings noch lauter, muss er bald merken. Theo und Pauli sind zurück. Die gemeinen Erwachsenen haben sie nicht zum Hubschrauber gelassen. Voll fies finden sie das.

„Euer schlauer Dad sagt, Zuschauer stören bloß bei ´nem Unfall“, ärgert Pauli sich.

„Stimmt doch, ihr Oberdepperten!“, knurrt Hugo.

Na und? Dann eben nicht! Schon blitzen Paulis Augen zu neuen Taten. „Wer macht alles mit beim Klettern?“ Er zeigt am Kastanienstamm hoch und schaut die Jungen auffordernd an.

„Bin dabei! Logisch!“ Theo rappelt sich auf. Plötzlich zerreißt ein messerscharfer Knall die Stille. Ein zweiter, ein dritter …

Entsetzt versteckt Hannah den Kopf zwischen ihren Knien. Gloria und Karla halten sich die Ohren zu.

„Düsenjäger, Mensch!“ Pauli legt den Kopf in den Nacken. „Sind viel zu schnell. Nix zu sehen.“

Kommen noch mehr? Angestrengt lauschen die Jungen. „Bijanko! Hierbleiben!“ Hugo wedelt mit beiden Armen hinter dem Kater her. Schnell wie der Blitz ist er beim zweiten Knall auf den dicken Ast gesprungen und bis zum Stamm balanciert. In Windeseile klettert er hinauf, verschwindet in der dichten Baumkrone.

„Was hat ´n der?“, wundert sich Theo. - „Angst. Was sonst?“, sagt Hugo. - „Wovor?“, wundert sich Pauli. - „Tiere fürchten sich, wenn ´s knallt. Fast alle“, erklärt Hugo.

„Angstschisser!“ Verächtlich schaut Theo zu den Mädchen. „Seid ihr etwa auch feige Tiere?“

„Blödmann!“ Hugo boxt ihn an die Schulter. „Hab du mal solche Hörstöpsel! Da sagste nix mehr, wenn ´s knallt!“

„Ach so“, macht Pauli. - „Ach ja“, nickt Theo. „Hab nich dran gedacht an die Dinger.“

„Solltet ihr mal öfter, Jungs!“, weist Hugo seine vergesslichen Cousins zurecht. Echt dämlich, diese zwei! Und mit so was ist man verwandt! Das denkt er aber nur. Laut sagen würde bei denen sowieso nix bringen. Behutsam streicht er seiner Schwester über den Rücken. Zögernd hebt sie den Kopf. Suchend sieht sie sich um. „Wo ist Bijanko?"

Theo deutet hinauf ins grüne Blätterdach. „Versteckt sich vor dem Knallen."

„Seinen kleinen Katerohren tut ´s genauso weh. Lieber haut er ab", nimmt Hugo den Ausreißer in Schutz.

„Saublöde, dusslige Düsenjäger!", schimpft Gloria. „Kommen noch welche?"

„Können die nicht woanders knallen?", beschwert sich Karla. „Nicht mal Ohren zuhalten nützt was."

„Die dürfen hier eigentlich nie so schnell fliegen. Ist glatte Überschallgeschwindigkeit", weiß der Pauli.

„Die brechen durch die Schallmauer." Theo kennt sich aus.

„Ist nämlich verboten, wo Häuser stehn!", weiß Hugo von seinem Vater.

„Echte Sauerei!" Alle Kinder sind sich ausnahmsweise einig.

„War sehr schlimm Hannah, ja?", fragt Gloria.

„Och, na ja, für Bijanko war ´s viel doller." Hannah lächelt tapfer. Für sie war das helle Pfeifen in den Hörgeräten genauso nervig. Meistens, sobald sie mit den Händen zu fest auf ihre Ohren drückt, entsteht dieses plötzliche Pfeifgeräusch. Das tut ihr weh bis in den Hinterkopf. Sogar beim Kuscheln mit Mama passiert ihr das öfter. Oder wenn die Geräte aus Versehen nicht richtig fest eingesetzt sind.

„Hallo, der traut sich nie mehr runter!" Mit langem Hals peilen Theo und Pauli am Stamm hoch.

„Sieht man was Weißes da oben?" Hugo legt den Kopf in den Nacken.

„Nee! Nur alles grün", bedauert Pauli.

„Bijanko kommt bald runter", tröstet Hugo seine Schwester. „Ruf ihn mal."

„Bijanko! … Bijankooo! Komm runter!“, schreit Hannah. Die anderen helfen ihr: „Bijaankoo! Kooommm! Biiijaaankooo!“

Sechs hellen Kinderstimmen kann der Kater nicht widerstehen. Zögernd klettert er am rauen Stamm in die Tiefe. Rückwärts. Mit weit ausgefahrenen Krallen klammert er sich fest. Zwölf Kinderhände strecken sich ihm entgegen. Liebevoll wird er umarmt und gestreichelt.

Hannah schaut ihm fragend in die Augen. „War fies für unsere Ohren, was?“ Der Kater bewegt den Kopf auf und nieder. „Du, aber nie mehr ausreißen, ja?“ Das Köpfchen dreht sich von links nach rechts und wieder von rechts nach links.

„Hast keine Angst mehr, tapferer Kämpfer? Super!“ Hugo zupft am Kateröhrchen. Bijankos Antwort heißt „Nein!“

Theo begreift es als erster: „He, Leute, der versteht euch?“

„Logo! Ganz genau verstehst du uns, Bijanko, was?“ Hannah und Hugo sind mächtig stolz auf ihren superschlauen Kater. Hugo erklärt es den anderen: „Er zeigt uns, was er meint. Mit Ja oder Nein oder Weiß nicht. Oder Vielleicht.“

Sofort muss Pauli das ausprobieren. Gespannt schauen die Kinder vom Pauli zum Bijanko bei diesem Frage-Antwort-Spielchen. Gloria will von Bijanko wissen: „Wen magst du lieber, Bijanko? Hannah oder Hugo?“ Die gelben Katzenaugen mit den riesengroßen dunklen Pupillen werden schmal und unergründlich.

„Dämliche Frage!“, grunzt Theo. „Was soll er antworten? Ja, die Hannah? Nein, den Hugo?“

So was wie ein listiges Grinsen erscheint auf dem Katergesicht. „Miau! Miauuu!“

„Siehste!“ Auch Theo grinst breit.

Karla hilft der Freundin: „Hast du die Hannah ganz doll lieb, Bijanko?“ Eifrig nickt der Katerkopf.

„Hast du den Hugo genauso lieb, Bijanko?“ Gloria hat es rasch begriffen. Wieder heftiges Nicken.

„Tja, siehste, so geht das, Gloria“, kichert Karla zufrieden.

Es ist ziemlich schwierig, sich passende Kater-Fragen auszudenken, merken die Kinder. Geduldig nickt Bijanko, wackelt mit dem Köpfchen, stellt die Ohren auf. Er macht sogar einen Buckel und faucht grimmig bei Paulis Frage: „Hast du Schiss vor so ´nem riesigen Köter, Bijanko?“ Er zeigt die Größe von einem Zwergpony. Die Kinder klatschen vergnügt. Vor so ´nem Riesenvieh hätten sie auch Schiss.

Unter der Kastanie hören sie Tinchen jaulend am Stamm hochhüpfen. Die Oma erscheint. „Hallo, ihr Helden da oben! Karla und Gloria sollen bald heimkommen. Vorher gibt ´s noch Fischstäbchen.“

„Leeecker! Mit viel Ketchup und Majo?“ Pauli beklopft seinen Bauch. Eilig klettern sie die Strickleiter hinunter. Gloria schüttelt die rechte Katerpfote. „Danke, du cooler Bijanko! So ´nen genialen Kater wünsch ich mir auch. Meine Mutti glaubt mir das nie!“

„Meine erst recht nicht!“ Karla greift nach der linken Pfote.

Bijanko scheint geschmeichelt zu lächeln und flüchtet mit wenigen Sprüngen ins Haus. Er hat großen Durst und noch größeren Appetit. Und müde ist er. Diese Kinder sind sehr nett. Aber irgendwie anstrengend und nervig. Ob Tinchen das weiß? Oder warum ist sie auf einmal im Keller verschwunden? Wie soll ein Kater aus dieser närrischen Hundedame schlau werden?

## 10. Kapitel: Tiger-Lili und Katzen-Leinen

„Ich hab gedacht, nie mehr kommst du runter vom Baum, Bijanko.“ Hannahs laute Stimme klingt vorwurfsvoll, nachdem die Geburtstagsgäste nach Hause gegangen sind.

„Genau, Bijanko! Hast versprochen, du passt immer auf. Wenn ´s mal knallt, hauste einfach ab. Wie ´n Angsthase“, beschwert sich Hugo.

„Angst-Kater“, verbessert Hannah und streicht zärtlich über das weiche weiße Fell. Der Kater schaut die Kinder aus schmalen Augen an. Mit gesenktem Köpfchen.

„Hast ´n schlechtes Gewissen?“, vermutet Hugo. Bijanko nickt. „Quatsch! Kann jedem passieren“, wird er beruhigt. „Ich denke, du lernst daraus, mein Junge!“ Das sagt Papa immer dann, wenn Hugo völligen Mist gebaut hat. Der schwarze Schwanz schlägt hin und her. „Okay!“, heißt das. Hannah lacht vergnügt. Das will sie gleich der Mama und der Oma berichten. Die freuen sich. „Prima! Na, dann müssen wir uns um unsere Kinder keine Sorgen machen mit diesem tierisch tollen Wachkater.“

Bijanko gibt sich große Mühe. Wie er es Hugo versprochen hat. Wenn bloß sein kleines Frauchen nicht so wild und voller Temperament wäre. Stillsitzen ist schwer. Sie platzt manchmal fast vor Ungeduld und Neugier. Alles auf einmal möchte sie machen. Doch sobald sie ihren Kater streichelt, ist sie wie ausgewechselt. Ruhig und entspannt spricht sie zu ihm. Bijanko hält gerne still und lässt die kräftigen Fingerchen sein Fell zausen. Er dreht sich auf den Rücken, genießt mit geschlossenen Augen das Bäuchlein Kraulen. Stundenlang kann er das aushalten. Am liebsten rollt er sich auf Hannahs Schoß zusammen, sobald die Mama Zeit findet zum Vorlesen. Sie machen es sich im breiten Sessel gemütlich. Mamas ruhige Stimme und Hannahs sanfte Streichelhände lassen Bijanko bald fest einschlafen.

Wenn sein Frauchen abends nach der Gutenachtgeschichte gleichmäßig atmet, schleicht er hinter Mama aus dem Kinderzimmer. Er darf hinaus in den Garten huschen. Die Ruhe in der kühlen

Dämmerung mag er. Noch manches Mal läuft er zum Grab. Es kann doch sein, das alte Frauchen ruft wieder nach ihrem lieben Fritzchen. Obwohl dieser Fritz schon lange auf seinen zweiten Namen hört. Unterwegs trifft er die Katzen aus den Nachbargärten. Mäuse fängt er nur selten. Die frechen Fledermäuse aus dem Kirchturm interessieren ihn erst recht nicht. Schon gar nicht die kleinen Flattervögel, die frühmorgens durch die Zweige hüpfen und fröhliche Liedchen trällern. Er ist ja kein Vogelfänger! Als Wachkater hat er wenig Zeit bei seinem anstrengenden Frauchen.

Als der Mond wieder beinahe kugelrund ist wie eine Laterne, klettert Bijanko auf den Kastanienbaum. Kein Kindergeschrei! Kein Rummdipeng! Kein Knallen! Wie gut ihm das tut! Plötzlich spitzt er die Ohren. Wer maunzt da unter ihm? Dieses zarte Stimmchen hat er noch nie gehört. Er späht in die Tiefe. Ein schmaler Schatten zwängt sich durchs Gebüsch. Bijanko verliert beinahe das Gleichgewicht, lässt sich fallen, dreht sich im Sturz, landet sicher und weich auf den vier Pfoten. Im Sandkasten, mitten auf Hugos Murmelburg. Er schüttelt den feinen Sand ab, schnuppert dem ungewohnten Geruch hinterher. „Zeig dich, Fremdling!“, miaut er mutig. Ein leises, ängstliches Fauchen. Er macht einen Satz darauf zu, stemmt die Vorderpfoten ins Gras. Weit aufgerissene, leuchtendgrüne Augen blitzen ihm entgegen. Ein Katzenmädchen! Vorsichtiges Beschnuppern. Sie riecht fremd. Sie riecht gut. Was sucht sie im Garten von seinem Frauchen? Hier ist mein Revier, du fremdes Kätzchen! Bijanko schnüffelt, … und beschließt, die Neue nicht zu verjagen.

Am nächsten Morgen entdeckt Hugo den Kater. Im Strandkorb. Alle haben ihn verzweifelt gesucht. Im ganzen Haus und im Garten. Verschlafen zwinkert Bijanko dem Jungen zu und zuckt mit den Ohren. Dicht an ihn geschmiegt schläft eine andere Katze. Ganz selbstverständlich liegt sie neben ihm, so als wäre sie schon immer da gewesen. Staunend stehen sie zu viert und fragen sich, wo diese Katze plötzlich herkommt. Hugo fragt Bijanko. Der dreht die Schwanzspitze. Ratlos? Verlegen? Die rosa Katerzunge fährt liebevoll über das zarte Schnäuzchen an seiner Seite. Er weiß es auch nicht, stellt Hugo fest.

„Ein niedliches Tierchen“, lobt Mama die Fremde. „Ein süßes Tigerlein.“

„Scheint ein Weibchen zu sein“, vermutet Papa. „Lassen wir sie in Ruhe. Sie verschwindet bald nach Hause.“

„Hier wohnt sie nirgends“, überlegt Hannah. „Hab sie noch nie gesehen.“

„Nee, ich auch nicht.“ Hugo schüttelt den Kopf. „Wie die wohl heißt?“

„Lili könnte sie heißen. Wie die Tiger-Lili“, fällt dem Papa ein.

Die Katzenöhrchen zucken. Schmale, hellgrüne Äuglein blinzeln der Sonne entgegen. Der getigerte Schwanz bewegt sich.

„Sie hört auf Lili!“, staunt Hugo. „Heißt die echt so? Was meinst ´n du, Bijanko?“

Der Kater schnuppert in die Luft und bewegt den Kopf im Kreis. „Kann sein. Oder auch nicht?“ So übersetzt Mama Bijankos Antwort.

An diesem Tag läuft die fremde Katze nicht mehr weg. Am anderen Morgen schläft sie noch genauso neben dem Kater im Strandkorb. Nicht mal ein bisschen Respekt zeigt sie vor Tinchens Kläffen und Knurren. Sie behält also den Namen „Lili“ und darf bleiben. Niemand vermisst ein Tigerkätzchen. Im Tierheim sagt Mama Bescheid, falls jemand dort nachfragt. Weil die Tiger-Lili sooo eine Süße ist, verzeiht Hannah ihr großzügig, wenn Bijanko sich nicht mehr jeden Abend an ihrem Fußende ausstreckt.

„Kater gehört zum Kätzchen, nöch?“ - „Nicht in Hannahs Bett“, ergänzt Mama. Ihr ist es recht, wenn die beiden Katzen nachts im Garten bleiben.

Papa freut sich über Hannahs Feststellung. „Unser Kleines wird vernünftig. Die Katzen sind genau das Richtige für sie.“ Mama seufzt: „ Wann versteht unser Tinchen das endlich?“

Die Hündin ist eifersüchtig auf Bijankos `neue Liebe´. Sie schnappt nach Lilis Schwanz und bellt ärgerlich, sobald das Tigerlein sich aufs Fensterbrett flüchtet und mit gesträubtem Nackenfell zu ihr herunterfaucht. „Was die für ´n Buckel macht!" Hugo bewundert das mutige, hübsche Kätzchen. „Schau! Ihre Augen funkeln!"

„Ein Mini-Tiger", sagt Mama. - „Kein Stubentiger." Auch dem Papa gefällt das freche, muntere Tierchen.

„Ein Gartentiger", meint Hugo.

„Ich will sie streicheln. Warum haut sie ab?" Enttäuscht schaut Hannah der Lili nach. Mit erhobenem Schwanz stolziert das Kätzchen hinter Bijanko her. „Sie kennt uns noch nicht genug", denkt Hugo sich. „Lasst ihr Zeit, Kinder. Bald ist sie ebenso verschmust und zutraulich wie unser Kater", meint Mama.

Nach drei Tagen lässt Lili sich von Hannah anlocken. Eine Weile hat das Kätzchen zugesehen, wie die Kinder mit Bijanko spielen und ihn streicheln. Vorsichtig abwartend tapst sie näher. Zögernd schnuppert das rosa Näschen, saugt den Duft von Hannahs Fingerspitzen ein. Zieht sich zurück. Anfassen und Köpfchenkraulen dauert etwas länger. Die ganze Familie hält die Luft an, als Tinchen das kleine Tigermädchen abschnüffeln will. Statt zu flüchten, rollt Lili sich auf den Rücken, bleibt ruhig liegen. Tinchen umkreist sie, stupst mit der Schnauze das Bäuchlein an. Sanft schlabbert ihre Zunge über das Katzennäschen. Gespannt beobachtet Bijanko die beiden. Na, also! Es geht doch!

Es ist Hannahs Idee, Halsbänder und Leinen zu besorgen.

„Für die Katzen?" Hugos Augen werden rund. „So ´ne verrückte Idee kann nur meine Schwester haben!"

„Na und?" Diese Schwester wirft ihm ihren wütenden Hannah-Blick zu.

„Warum nicht?" Mama schlägt vor, zuerst einen Versuch mit Bijanko zu starten. Im Zoogeschäft leiht sie sich ein grünes Katzenhalsband samt Leine aus. Die Familie hockt auf dem Rasen. Der Kater riecht neugierig am Halsband.

„Ist das was für dich, Bijanko?“ Mama streicht ihm über den Rücken. Der Kater nickt bedächtig. Hannah klatscht in die Hände. „Hab ich gewusst! Hab ich gewusst! Juhuuu!“, quietscht sie und hopst umher wie aufgezogen.

„Sei ruhig, Hannah! Bitte! Lili läuft uns davon“, mahnt Papa und legt den Finger auf die Lippen.

Geduldig hält Bijanko das Köpfchen hin. Er bewegt sich nicht, lässt Mama das Halsband festmachen und die Leine einklinken. Hannah darf die Schlaufe in die Hand nehmen und die erste Runde durch den Garten drehen. Sehr aufrecht, mit steil erhobenem Schwanz stolziert der Kater über den Rasen. Sein Frauchen hält die Leine krampfhaft fest, stakst unsicher neben ihm her.

„Super, Bijanko!“, jubelt Hugo. „Manno, so ′n cooler Kater!“

Lili sieht aus sicherer Entfernung zu.

„Komm, Lili. Auch spazieren gehen“, lockt Hannah.

Papa pfeift sie zurück. „Mach langsam! Für eine Leine braucht es Geduld. Bei Hunden und sehr viel mehr bei Katzen.“ - „Beim Tinchen hat es länger als eine Woche gedauert“, erinnert sich Mama.

„Hunde müssen immer an der Leine gehen. Katzen fast nie“, überlegt Hugo.

„Mein Wachkater lernt das fix.“ Hannah ist ganz sicher.

„Bei Lili dauert ′s bestimmt länger. Ob sie sich überhaupt ans Halsband gewöhnt?“ Mama ist nicht so sicher.

Es sind die erstaunten Nachbarn und die fremden Leute auf der Straße, die sich daran gewöhnen müssen: Ein kleines Mädchen mit lustig abstehenden blonden Zöpfchen trippelt eifrig hinter der Mutter her. In jeder Hand hält sie eine Leine. An jeder Leine läuft eine Katze. Mit schwarzen Flecken im schneeweißen Fell und einem grünen Halsband der Kater. Schwarz-grau-weiß getigert mit dem roten Halsband das Kätzchen.

Die lebhafte kleine schwarze Hündin dreht sich freudig kläffend zu den dreien um. „Wo bleibt ihr denn?“ Die Mutter lächelt freundlich zurück, weil manch einer stehenbleibt und verblüfft hinterher schaut. Manchmal ist Hugo dabei. Er darf den Kater führen. Dicht neben der Schwester bleibt er.

Öfter sagt jemand vorwurfsvoll: „Katzen gehören nicht an die Leine. Das ist Tierquälerei!“

„Unser Bijanko ist halt eine sehr besondere Katze“, erklärt Mama mit Augenzwinkern. „Er ist der Wach-Kater für unsere Hannah. Falls Sie das verstehen?“

Sobald die Leute Hannahs rosa Hörgeräte leuchten sehen, verziehen sie überrascht das Gesicht und sagen verlegen: „Ach so. Das wussten wir nicht. Na, dann wünschen wir viel Glück für Kinder, Katzen und die Hundemutti.“

## 11. Kapitel: Wäff! Wäff! - Wuff! Wuff!

Jeden Tag sind Hannah, Bijanko und Lili dabei, wenn Tinchen Gassi geht. Hannah möchte auch alleine die Katzen ausführen. Davon will Mama leider nichts wissen. „Du bist noch zu klein", sagt sie und Papa nickt dazu: „Dreh mit ihnen deine Gartenrunden. Und mach die Halsbänder danach gleich wieder ab. Katzen laufen lieber frei herum. Zum Klettern taugt kein Band um den Hals."

„Sie bleiben hängen damit", weiß Hugo. „Hunde nicht. Die wollen halt nicht klettern."

„Dürfte ich allein auf die Straße, falls ich alles hören könnte?" Fragend schaut Hannah zu den Eltern auf. Ihre Augen schimmern dunkel.

„Ach, Schätzchen." Mama streichelt Hannahs Kopf. „Bald kommst du in die Schule. Dann reden wir noch mal drüber. Okay?"

„Erst nach Hugos Ferien." Hannah stampft mit dem Fuß auf. Dann lässt sie die Schultern hängen. „Ich bin doch auch schon groß."

„Hör auf deine Mutter, Süße! Und Schluss mit Lustig!", bestimmt Papa. Schluss-mit-Lustig bedeutet: Keine Widerrede! Keine unnötigen Diskussionen. Und Feierabend!

Hannah gibt trotzdem nicht auf: „Wenn Hugo mitkommt, dann darf ich, ja?"

„Wenn Hugo und Mama mitgehen. Jetzt hab ich einen Riesennudelhunger!", lenkt Papa ab.

Hannah zieht eine dicke Flunsch. Immer ist sie die Kleine. Nix darf sie ohne die Großen. Ach, könnte sie doch besser hören! So wie Hugo. Sooo ungerecht ist das! Sie flüstert ihre Wut in Bijankos rechtes Öhrchen. Der maunzt seine Zustimmung. „Wüsstet ihr von der Nacht, in der mein neues Frauchen mir hinterher gelaufen ist zum Grab! Ohne einen Ton zu hören! Und barfuß, - nur im Schlafanzug. Oh weh! Da würdet ihr alle miteinander dumm gucken!" Hannah versteht ihn genau.

Am Wochenende verreisen die Eltern. Samstagfrüh fahren sie los und kommen erst am Sonntagabend zurück. Oma wird solange bei den Kindern wohnen, erzählt Hannah dem Tinchen und den beiden Katzen. Sie findet das prima. Weil Oma da ist, darf sie sogar länger wachbleiben. Hugo übernachtet bei Emil im Zelt. Am Nachmittag ist für die Jungen Schwimmbad angesagt.

Hannah würde sooo gerne auch schwimmen. Das klappt aber nur mit Mama. Die Hörgeräte dürfen auf gar keinen Fall nass werden. Und ohne die `Ohren´ braucht Hannah im Schwimmbad die Mama in der Nähe. Das ist halt so. Hannah kennt es nicht anders. Mit Oma ist das mit dem Nicht-Schwimmen natürlich halb so schlimm.

„Ich kann schwimmen wie ´n Fisch, Oma", erklärt Hannah. „Im Wasser muss ich ja nix hören."

„Nein, meine kleine Wassernixe“, schmunzelt Oma. „Am Montag geht ihr beide ins Schwimmbad, hat deine Mutter versprochen.“ Damit kann Hannah leben, bis Montag.

Im Garten ist es herrlich. Oma nimmt vorsichtig beide Hörgeräte aus Hannahs Ohren. Auch ihre eigenen holt sie heraus. Sie gebrauchen jetzt einfach zum Reden ihre Hände und Füße. Sie schneiden lustige Grimassen. Sie hören sich ja beide nicht. Mit dem Gartenschlauch spritzen sie sich gegenseitig nass. Unterm Rasensprenger hopst Hannah quietschvergnügt hin und her, bis es ihnen reicht mit dem kalten Wasser. Die Sonne trocknet ihre Haare schnell. Hannah ist in die Hängematte gekrabbelt. Sie dreht sich geschickt auf die Seite, macht die Augen zu und döst vor sich hin. Erschrocken zuckt sie zusammen. Ein weiches Schnäuzchen stößt ihre Schulter an. „Ach, Bijanko!“ Sie will sich aufsetzen in der schaukelnden Hängematte. Plumps! Sie kullern beide ins feuchte Gras. Kichernd umarmt sie den Kater.

Lili erscheint behaglich schnurrend. Plötzlich ein Sprung, - sie ist in den Büschen untergetaucht. Was hat sie so erschreckt? Verwundert sieht Hannah ihr hinterher. Sie winkt die Oma herbei. Die hat das Kästchen mit den Hörgeräten in der Hand. Ihre Zeigefinger tippen zuerst auf ihre Ohren, dann auf Hannahs. Soll sie ihr die Stöpsel wieder einsetzen? Hannah nickt fröhlich. Zeichensprache ist zwar witzig, aber sie will jetzt nicht mehr schlafen. Es ist besser, sie versteht, was Oma ihr sagt. Sie hält freudig still beim Einsetzen. Endlich können sie wieder normal zusammen sprechen. Oma weiß den Grund für Lilis hektische Flucht. „Eine Gruppe wildgewordener Biker ist mit höllischem Motorgeheul vorbeigedonnert.“

„Bescheuerter Bikerkrach!“, ärgert sich Hannah. „Du bist nicht weggelaufen, Bijanko!“, lobt sie ihren treuen Wachkater. Bijanko streicht zart um ihre Beine. So, aber jetzt muss er eilig seine arme kleine Lili finden und trösten.

Viel zu schnell ist der Nachmittag vorbei. Oma schaut nach den Wolken. „Oh, gibt das ein Gewitter?“

Oma und Hannah mögen keine Gewitter. Das Tinchen überhaupt nicht. Donner ist zu unangenehm für empfindliche Ohren.

„Wir gehen am besten vor dem Abendessen die Gassi-Runde“, schlägt Oma vor.

„Bei Gewitter will sie nie raus“, weiß Hannah. „Bijanko und Lili auch nicht.“

„Die Katzen lassen wir heute zu Hause“, schlägt Oma vor.

„Och nee!“, protestiert Hannah. „Die sind doch ganz brav. Alle beide.“

„Ja, das sind sie. Doch deiner Oma reicht es, sie muss auf ihr Hannahmädchen und das Hundemädchen achtgeben“, sagt Oma.

„Ach, Omalein, bitte! Wir machen bloß ´ne winzige Runde. Bis zum Park, ja?“ Hannah guckt Oma treuherzig an. „Mein armer Bijanko ist sonst zu traurig. Er muss ja der Wachkater sein. Immer!“ Sie lässt nicht locker, bis Oma nachgibt. „Na, dann! Wie soll ich da Nein sagen, du hartnäckige Katzenmutti? Los geht ´s! Heute nehmen wir nur den Kater mit, okay?“

Rasch sind sie in die Sandalen geschlüpft. „Tinchen!“, schreit Hannah. „Gassi gehen! Tiiinchen!“

„Wo steckt sie denn?“ Oma pfeift drei Mal kurz und ruft durchs Haus: „Tiiiinchen!“ Sie brüllen gemeinsam. Auch im Garten ist keine Hündin.

„Die versteckt sich im Keller“, vermutet Hannah. „Macht sie immer vorm Gewitter.“ Sie haben Mühe, das Tinchen nach oben zu locken. Nicht mal das Lieblings-Speck-Leckerchen wirkt.

„Sie muss wenigstens ihr Abendhäufchen machen“, bestimmt Oma und macht Tinchen das Halsband um. „Komm schon, du Angsthäschen! Bist gleich wieder zu Hause.“

Nervös guckt die Hündin sich um, als sie mit ihr losgehen. Sie will kaum raus auf die Straße. Bijanko läuft ruhig neben Hannah her an seiner grünen Leine. Die schlafende Lili ist im Strandkorb geblieben.

Für Oma ist es ungewöhnlich, mit Hund und Katze an der Leine spazieren zu gehen. Sie amüsiert sich, wie andere Spaziergänger sich nach ihnen umdrehen, neugierig oder schmunzelnd. Tinchen macht ein Pipi nach dem anderen. „Hattest du es eilig, Tinchen", stellt Oma fest. „Mach auch dein Häufchen! Bitte!"

Die Hündin schnuppert an allen Steinen und Grashalmen. Dauernd muss Oma bei ihr stehen bleiben. „Den Haufen sollst du machen, Tinchen!", drängt sie und wedelt mit dem Gassi-Säckchen.

Die Hündin hat es damit nicht eilig. „Weit gehen wir nicht mehr." Oma gefallen die dicken, dunklen Wolken nicht, die sich hinter ihnen auftürmen.

„Mach hin, Tinchen! Bald werden wir nass!", drängt Hannah.

Oma hat vorsichtshalber ihren Taschenschirm dabei. Regen ist `Gift´ für die Hörgeräte. Da riskiert sie lieber nichts. „Bis zur Kreuzung noch. Dann machen wir kehrt. Also beeil dich, Tinchen!" Energisch zieht sie die Hündin mit sich.

Hannah bleibt stehen und hält die Hand ans rechte Ohr. „Oma! Es piept!", schreit sie.

Erstaunt dreht ein junger Mann sich zu ihr um.

„Bei dir piept ´s?", grinst er spöttisch. „Bei mir manchmal auch." Er winkt fröhlich. „Das geht vorbei!"

Hannah streckt ihm die Zunge raus. Ist der bescheuert! Bei ihr piept doch der Ohrstöpsel! Nicht der Kopf! Hastig stolpert sie mit Bijanko hinter Oma und Tinchen her.

„Oh, wie dumm!" Die Oma seufzt. „Ist die Batterie mal wieder am Ende. Daheim setzen wir sofort eine neue ein. Bis dahin reicht dir das andere Ohr, ja?"

Hannah nickt. Wieso gibt es nicht mal Batterien, die richtig lange halten? Wie oft sind die Mistdinger genau dann am Piepen, wenn man es am wenigsten gebrauchen kann. Länger als zwei Wochen halten die selten. Na, bis sie zu Hause sind, wird es noch reichen. Das regelmäßige Piepen hat gerade erst angefangen.

Zehn Meter vor der Kreuzung fällt es dem Tinchen endlich ein, ihren Haufen zu drücken.

„Mitten auf den Gehweg natürlich!“, knurrt Oma, sackt ihn schnell ein und wickelt das Säckchen zu. „He, Tinchen!“, schimpft sie. Wild zerrt die Hündin an der Leine.

„Asterix!“, stöhnt Hannah.

Tinchen liebt den dunkelbraunen Setter-Rüden. Egal, ob der doppelt so groß ist. „Wäff! Wäff! Wäff!“

Oma kann sie nicht beruhigen. „Wuff! Wuff! Wuff!“, schallt es herüber von der anderen Straßenseite. Asterix liebt das muntere Tinchen auch.

Wie es passiert ist, können Oma und Hannah später nicht mehr genau sagen. Nur wie plötzlich Tinchen quer über die Kreuzung saust. „Wäff! Wäff! Wäff!“

„Tiiiiinchen!“ Kind und Großmutter schreien hysterisch. Hannah lässt die grüne Leine fallen, saust Tinchen hinterher. Heftiges Hupen! Kreischendes Quietschen …

In Panik stürzen Oma und Bijanko auf die Fahrbahn. Keine Handbreit liegt der kleine Mädchenkörper vorm Autoreifen. Unbeweglich. Oma kniet daneben, tastet ihn ab. Eine Frau keucht heran, kniet sich neben sie. Laut fluchend stapft der Fahrer näher. „Verdammte …!“ Mehr bringt er nicht heraus.

Wie erstarrt hockt der Kater neben seinem Frauchen. „Warum stehst du nicht auf, Hannah? Das machst du sonst immer, wenn du hinfällst.“ Schnell kommt er zur Besinnung. „Miauuu, miauuu, mein Frauchen!“

Mit der feuchten Nase stößt er an ihren Hinterkopf. Der bewegt sich wie in Zeitlupe, hebt sich etwas, dreht sich zur Seite. Mühsam öffnet sich ein Auge.

„Mein Gott! Danke!“ Tränen laufen über Omas Nase. „Hannah! Meine Kleine!“

Der Mann hebt das Mädchen behutsam auf. „Aua!“, quiekt Hannah. Sie zeigt auf ihr blutendes Knie.

„Hast verdammtes Glück gehabt, du! Warum bist du mir ins Auto gelaufen, he?“

„Oh, mein Gott!“, stöhnt Oma. „Tinchen!“

Stumm deutet sie hinüber zur anderen Straßenseite. Das Frauchen von Asterix hält zwei Leinen in den Händen. Blass ist sie vor Schreck. Brav sitzen beide Hunde bei Fuß. Wie ein Unschuldsengel schaut Tinchen herüber.

„Soll ich Sie zum Arzt fahren?“ Der Mann hilft der Oma, das Kind zu stützen.

Hannah schüttelt sich. „Geht schon wieder“, stellt sie fest. „Bloß das doofe Knie! Ist nicht schlimm! Aua!“ Sie humpelt an Omas Arm zum Gehweg. Bijanko weicht nicht von ihrer Seite.

Als eben das Asterix-Frauchen der zitternden Oma Tinchens Leine in die Hand drückt, kracht es oben los. Die Hündin zerrt verzweifelt, doch diesmal wird die Leine mit eisernem Griff festgehalten. Noch nie hat Hannah ihre Oma so schlimm fluchen hören. Au weia! Blöder Sturz! Blödes Gewitter! Sie rennen, so gut man das mit einem blutenden Knie kann.

„Auch das noch!“ Hastig spannt Oma den Schirm auf. Dicke Tropfen platschen darauf. Es blitzt kurz.

Endlos kommt Bijanko der Weg bis zum Haus vor. Blitz und Donner sind nichts für einen tapferen Wachkater. Klitschnass ist er. Tinchens Fell trieft. Aus vier Sandalen laufen Bächlein.

Erschöpft lässt Oma sich auf den Küchenstuhl sinken und zieht Hannah auf ihren Schoß.

„Uff!“ Sie schnaufen beide. Noch einmal gut gegangen. Gerade so! Das kaputte Knie bekommt Wundspray und ein buntes Pflaster. Ins Hörgerät wird eine neue Batterie geschoben.

„Glück gehabt. Keins ist beim Hinfallen rausgegangen.“ Hannah befühlt ihren Ellbogen. Der hat leider auch was abgekriegt. „Tut nur bisschen weh! Ist halb so wild“, beruhigt sie die erschrockene

Oma. Die faltet fest ihre Hände, murmelt: „Wir danken dir so sehr, lieber Gott. Du hast unserer Hannah und dem Tinchen deine guten, braven Engel geschickt."

„Schutzengel, ja?", fragt Hannah. „Hat das Tinchen auch einen?"

„Allerdings! Ohne die beiden hätte das böse ins Auge gehen können." Oma hält ihre Enkelin ganz, ganz fest. Bijanko kratzt an der Scheibe. Oh, Schreck! Eng an die Terrassentür drückt sich Lili. Riesengroß sind die ängstlichen grünen Augen. Schnell lässt Oma sie in die Küche. Der Kater schmiegt sich an sie und leckt ihr Schnäuzchen trocken. Was für ein schlimmer Tag!!

Und wo steckt das alberne Tinchen? Die hat sich wohl ins Versteck geflüchtet? Was dachte sie sich bloß dabei? Rennt einfach weg! Saust mitten über die Straße! Er, der Wachkater, konnte sein Frauchen nicht zurückhalten. Wie schlimm das hätte enden können, kann er sich nicht vorstellen. Vorsichtig schiebt er sich später auf Hannahs Schoß. Sie muss das verletzte Bein hochlegen, Kakao trinken und mit Oma Karten spielen, zum Ablenken. Das Knie tut nur noch halb so weh und der Ellbogen auch, meint sie. Dabei kann sie sogar die Katzen streicheln. Lili mit der rechten Hand, Bijanko mit der linken.

## 12. Kapitel: Danke, ihr zwei Schutzengel!

Am Sonntagabend sind Mama und Papa zuerst total geschockt, aber dann so was von froh, weil ihrem Kind nichts Schlimmeres zugestoßen ist. Ein kaputtes Knie und ein geprellter Ellbogen sind bei Hannah kaum der Rede wert. Sie haben schon andere Wehwehchen hinter sich.

„Ach, euch kann man nicht alleine lassen“, seufzt Mama und schaut die Oma streng an. Dabei lachen ihre Augen allerdings über Omas zerknirschtes Gesicht.

„Uns wohl. Bloß das dumme Tinchen auf keinen Fall“, verteidigt Hannah ihre Lieblingsoma. Die konnte wirklich überhaupt nix dafür. Bijanko erst recht nicht. Wehe, Papa meckert mit ihm! Aber der sagt kein böses Wort. Dafür schnauft er tief und erleichtert. Dann kratzt er sich am Kinn. „Habt ihr euch wenigstens den Namen des Fahrers geben lassen?“, wendet er sich an die Oma.

Oh, daran haben sie in der Aufregung nicht gedacht.

„Ihr seid mir Helden!“, sagt Papa ärgerlich. „Bei einem Unfall mit Personenschäden muss der Verletzte in jedem Fall in ärztliche Behandlung. Sogar die Polizei sollte informiert werden.“

„Bin ich der Verletzte?“ Hannah schaut ihn entgeistert an. „Ne Schramme am Knie muss doch nicht zum Doktor.“

„Am Samstagabend! Wie sollte das gehen?“, stöhnt Oma.

„Leider ist es Vorschrift, ihr zwei ahnungslosen Schätzchen. Keiner kann sagen, wie schwer die Verletzung ist. Wusste der Autofahrer das nicht?“

„Na ja, er wollte uns gleich zum Arzt fahren“, fällt es Oma ein. „Hannah fand das unnötig.“

„War ´s ja auch“, meint Hannah energisch. „Jetzt hör auf, die Oma zu nerven, Papi. Ich lebe doch noch.“

„Tut ´s arg weh?“ Mama klebt ein frisches Kinderpflaster auf die Wunde und schmiert ihre Wundersalbe gegen blaue Flecken auf den Ellbogen.

„Geht so.“ Hannah beißt die Zähne fest aufeinander. Ist sie etwa ein Weichei?

Hugos Gesicht wird immer länger, als er müde von Emil zurückkommt. „Mensch, Schwester!“ Mehr sagt er nicht und schluckt zweimal. Was soll er denn sagen? Vielleicht: „Wäre ich, dein Superbruder, da gewesen, wäre dir nix passiert, holdes Schwesterherz.“ Er musste halt zum Emil abtauchen. Jede Menge Spaß haben. Konnte er ahnen, was für einen Mist dieses Energiebündel anstellt ohne ihren großen Hugo-Bruder? Auch er atmet erleichtert auf, weil Hannah und Oma sozusagen mit dem Schrecken davongekommen sind, wie Mama es ausdrückt. Blöder Zufall, wie Tinchens Leine aus der Hand gerutscht ist. Einfach so! Und dass dieser Asterix ausgerechnet … Ach, Blödsinn! Jedenfalls haben die Schutzengel von Hannah und Tinchen mal wieder was zu tun gehabt.

„Danke, ihr zwei Engel! Habt ihr voll gut gemacht!“ In Gedanken versunken kniet er sich zu Bijanko und knetet die Kateröhrchen zwischen seinen Fingern. Lili hat sich aufs Bücherregal geflüchtet. Mit ihren grünschimmernden Augen guckt sie herunter zu ihrem Katerfreund. Ob sie spürt, welche Sorgen er hat?

„Musst dich nicht ärgern, du Guter. Dir ist ja nix passiert, Bijanko“, murmelt Hugo ihm ins Ohr. „Auf meine schlaue Schwester aufpassen schafft keiner. Du kannst dich anstrengen wie verrückt, weißt du. Die hört zwar nix, aber dafür ist sie pfiffiger als du und ich zusammen. Darfst es mir glauben. Ich hab schon fünf Jahre Erfahrung.“ Der Kater nickt kurz und rollt den Schwanz elegant um seine Hinterpfoten.

„Langsam muss sie das nämlich selber lernen mit dem Aufpassen. Das verstehst du, ja?“ Hugo grinst dem Kater zu. Der bewegt noch einmal den Kopf zum Nicken. Ja, Hugo, du hast Recht. Ich werde genug zu tun haben mit dem Aufpassen auf mein munteres Lili-Kätzchen. Auf das närrische Tinchen natürlich auch.

Er, der coole, tapfere Wachkater Bijanko, ist halt nur ein kleiner Kater. Schneeweiß, mit dem schwarzen Schwanz und den Flecken im weichen Fell. Einer, der größte, mitten auf der rechten Seite, sieht aus wie ein Herz. Ein kohlschwarzes Herz. Einen solchen Kater gibt es sehr selten, haben seine Frauchen ihm erklärt. Das alte, das aus dem Himmel zu ihrem lieben Fritzchen hinabschaut. Und sein neues nettes Hannah-Frauchen.

Ist Bijanko darum ein besonderer Kater? Mutig, schlau, treu, liebevoll, verschmust … Mit einem Herzen aus purem Gold. Also das Herz innen drin. Sagt jedenfalls die Oma zu ihm, wenn sie zart sein Köpfchen streichelt. Und die muss es wissen. Sie hat auch sofort gewusst, was für ein ganz besonderer Kater er ist. Hannah musste ihr gar nicht mehr viel von ihm erzählen. Ja, denn Omas wissen fast alles, vermutet Bijanko.

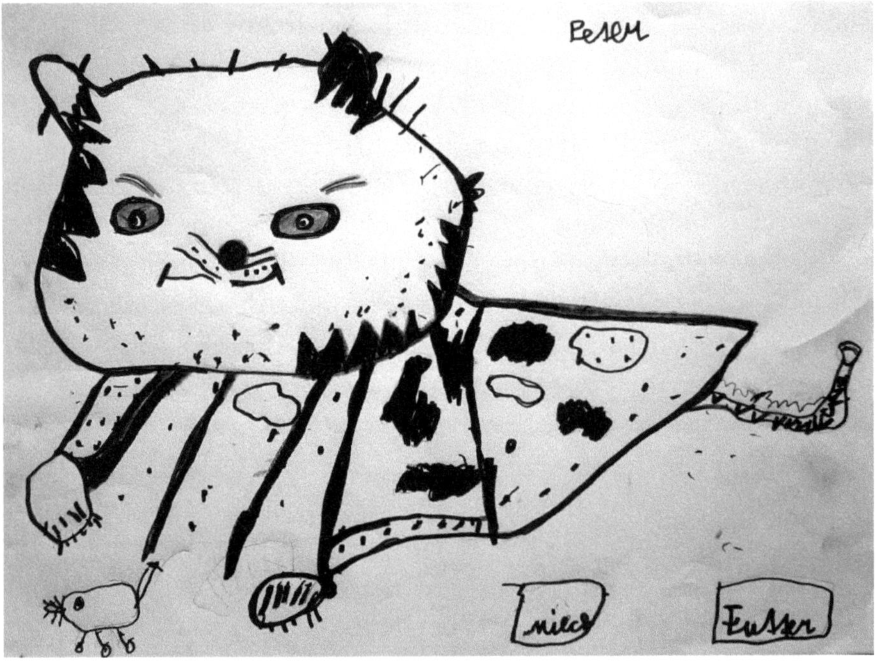
Peter
Futter

Die netten Fantasie-Katzen haben sich die Kinder aus Klasse 3 der Volksschule Waidring mit ihrer Lehrerin Gertraud Danzl ausgedacht:

Die ehemalige Grundschullehrerin Gunhild Thalheim, 1944 in Jena geboren als Gunhild Jahn, ist immer auf der Suche nach Themen und Anregungen für ihre neuen Kindergeschichten.

Als sie die kleine Hanna im Mai 2015 bei einem Familientreffen kennenlernte, war schnell die Idee fest in ihrem Kopf für ihr 20. Buch.

Denn seit einigen Jahren muss sie selber mit Hörgeräten zurecht kommen.

Kurz darauf traf sie den Kater Fritz mit seinem richtigen Frauchen in ihrer Wahlheimat Waidring im Tiroler Pillerseetal. Kind und Kater konnten wegen der großen Entfernung leider nur in einer Fotomontage \`in echt´ zueinander finden.